U0670899

奥兹国奇遇记

滴答人

[美]弗兰克·鲍姆◎著
[美]约翰·R.尼尔◎绘
刘丽莉◎译

CHISO 新疆青少年出版社

图书在版编目（CIP）数据

滴答人 / (美) 弗兰克 · 鲍姆著 ; 刘丽莉译. -- 乌鲁木齐 : 新疆青少年出版社, 2023.4

（奥兹国奇遇记）

ISBN 978-7-5590-9325-7

Ⅰ. ①滴… Ⅱ. ①弗… ②刘… Ⅲ. ①童话 – 美国 – 近代 Ⅳ. ①I712.88

中国国家版本馆CIP数据核字（2023）第066864号

滴答人

DIDAREN

弗兰克 · 鲍姆 著　约翰 · R.尼尔 绘　刘丽莉 译

出版发行	新疆青少年出版社有限公司
社　　址	乌鲁木齐市北京北路29号
电　　话	0991—6239231（编辑部）
经　　销	各地新华书店
印　　刷	天津融正印刷有限公司
法律顾问	王冠华 18699089007
开　　本	787mm×1092mm 1/16
印　　张	13.5
版　　次	2023年6月第1版
印　　次	2023年6月第1次印刷
书　　号	ISBN 978-7-5590-9325-7
定　　价	48.00元

新疆青少年出版社有限公司官网　http://www.qingshao.net

新疆青少年出版社有限公司天猫旗舰店　http://xjqss.tmall.com

CHISO 新疆青少年出版社

（版权所有，侵权必究）

Preface 前　言

上一本《碎布姑娘》的故事出版后，反响颇大，获得了小读者们极大的褒奖。甚至有个小姑娘写信告诉我："鲍姆先生，这是我读过最棒的故事书！"正是由于你们这些小奥兹迷们的支持和认可，我对撰写奥兹国故事这件事的热情与日俱增。所以，我又写下了一个新的故事，关于奥兹国的故事，送给你们，我亲爱的小读者们。

在这个故事里，你们将认识乌盖布的女王安·索福思，她在我们老朋友邋遢人的帮助下征服了邪恶的地下矮子精国王拉格多。还有一个新成员将加入奥兹国的大家庭，她叫贝翠·鲍宾，是个平凡的美国小姑娘，她经历了一连串奇妙又惊心动魄的历险才进入了奥兹国。

想必很多小读者都已经看过那部戏剧《来自奥兹国的蒂托克》了吧？不过我可以负责任地告诉大家，书中的蒂托克和剧中的绝不雷同，尽管戏剧中的一些历险情节和书里一样——因为它们是真实发生的事，但看过书你才会发现戏剧里其实缺少了很多重要的"奥兹元素"，比如那些你做梦都想不到的奇人怪事，还有各种离奇刺激的小意外……保证你们看了会耳目一新，大呼过瘾的。

还有一件事需要说明，很多看过戏剧的小朋友都很喜欢特洛特和比尔船长，所以写信建议我把他们也写进奥兹国的故事里，想办法让他们去奥兹国和奥兹玛公主见上一面。另外还有些小读者建议让幸运儿奥乔、亮纽扣这两个年纪相仿的小男孩见面，希望他们能成为好朋友。不过大家也要体谅我，作为皇家史学家，我记录的关于奥兹国的事情不能有违真实，所以我只能通过无线电和多萝茜公主沟通，请示是否可以编一部分故事来满足小读者们的愿望。谁知道多萝茜公主听完我的这些主意又是惊讶又是好笑，她问：“为什么要编造呢？鲍姆先生，你很清楚他们后面的故事吗？”我只好如实回答自己并不知道。于是多萝茜公主答应我会把关于特洛特、比尔船长以及幸运儿奥乔他们的故事完整地讲给我听，这样就能写出满足小读者们的故事了，不过他们的故事都很长很精彩，我还得再写几本书才能交代完呢。

提前透露个信息，据多萝茜公主说，你们喜欢的这些角色都在翡翠城碰面了，而且基本都在奥兹国定居了，再也没有离开过那个美丽的仙境。接下来，只要多萝茜公主信守承诺把故事都说给我听，大家过不了多久就能如愿以偿了。

随着奥兹国故事的广泛传播，喜欢我、喜欢看我故事书的孩子越来越多了，在此我对亲爱的小书迷们表示万分感谢，也感谢你们源源不断的来信，我永远是你们最忠诚的朋友，相信你们也会永远支持我。每当我想到我的小朋友、小书迷成千上万、遍布各地，我真是由衷的开心和自豪。

弗兰克·鲍姆

奥兹国皇家史学家

1914 年于加利福尼亚州好莱坞的奥兹小筑

目录

Contents

第一章

女王的军队

“走开，拿走这该死的扫帚，”安用手挡着脸喊道，“你竟然让我扫地，这太有失我的身份了！”

“可是，地总得扫啊！”莎莉妹妹说，“难不成你想让我们在灰尘铺成的地毯上走路吗？你可是家里的老大，你不扫谁扫？”

“不行，我可是女王，在乌盖布这个地方，谁比我更尊贵吗？”安骄傲地说，旋即，她又忽然忧伤起来，“虽然，乌盖布是奥兹国领地范围内最小最穷困的王国。”

的确，乌盖布坐落在奥兹国边境一个偏远的小山谷，离翡翠城特别远。这里住的人们，都很安于

自己的生活。没有一个人曾经想过要走出这个小小山谷到外面的世界去看看。虽然他们都知道整个奥兹国是由一个最美丽的女王统治，她就是奥兹玛公主，她住在美丽的翡翠城里，但是乌盖布的居民从来都没有去拜见过这位美丽的女王。因为他们有自己的国王，虽然这个国王不是为了统治他们，只是为了证明这个国家的荣耀。美丽的奥兹玛公主是最仁爱的，她让她所统治的所有地方都成立各自的王国，有自己的国王、王后和公主等，让他们过自由自在的生活。

原来的乌盖布国王是安的父亲，叫乔尔·杰姆基夫·索福思，他当国王的时候，每年要做的事不外乎就是告诉人们什么时候该种卷心菜，什么时候该收获洋葱……所以他觉得生活很单调，很无聊，再加上他的王后嘴尖舌快，一点也不温柔，心里也没有装着这个国王。所以，国王对生活近乎绝望，选择了离开自己的家乡，翻过了大山，去奥兹国的其他地方了，从此再没有人见过这位国王。

开始的几年里，王后以为国王在外面待够了就会回到自己的身边，可是等来等去，一直没有等到他回来，于是她最终决定要亲自出去寻找他。这样，他们的大女儿安·索福思就代替了父亲的位置，当了女王。

安女王最喜欢的就是为自己庆生，那时候她就可以举办一个大型宴会，把所有人都邀请来，并且还可以举办大型舞会，那一天她会快乐极了，虽然她甚至不知道自己过的是几岁的生日，但是这并不重要，只要快乐就好。乌盖布的居民都知道安女王已经到了自己可以做果冻的年龄，但是他们也觉得年龄是个无所谓的东西。

不过安女王可是不愿意做家务的，如果可以，她甚至一点都不想沾家务活的边，因为她是个有远大抱负的女王。她忧心的是乌盖布什么时候能富强起来，什么时候乌盖布的百姓们也能够朝气蓬勃、干劲十足地去为国家的兴盛发光散热。她时常想，是不是她的父母已经找到了更好的地方，并且在那里定居了，不然，为什么他们都不再回到这里了呢？

所以，当安女王的妹妹莎莉不肯打扫王宫里的卫生时，安也产生了离开这里的想法，于是她说道：“我想我也会像爸爸妈妈一样，离开这个愚昧的地方，离开这些不思进取的人们。”

“如果你想走就走吧，但是你不觉得愚蠢吗？”莎莉说。

“怎么愚蠢了？”安问道。

“你在这里好歹也是个女王，离开这里你就是个普通人。”莎莉平静地说。

“女王！哼，伟大的女王啊，手下只有十八个男人、二十七个女人和四十四个小孩儿的女王。”安不屑地说。

“是啊，乌盖布是个不起眼的小国，你看不上眼，那你干吗不去攻打翡翠城啊，那里可是博大无比，人也很多，你带着你的军队去占领它，然后取代那里的女王，不是很好吗？”莎莉不过就是嘲讽姐姐，想要刺激她，所以她说完，做了个鬼脸，就去院子里的吊床上去享受阳光了。

但是她的一番话，却让安的心里波澜起伏，她早就知道，奥兹国那么大的领土都由一个叫奥兹玛的小女孩统治着，而且这个小女孩还以德治国，没有一支真正的军队，她的军队不过就是二十七个有名头的军官组成的，只是一个穿着军装，却不拿枪的豪华摆设。而且这些军官没有一个人带兵打过仗，唯一一个当过兵的人也被奥兹玛提拔成大统帅，但是却没收了他的枪，原因就是怕枪走火，伤了臣民。

安女王想到这儿，她忽然觉得似乎只要她有支军队就可以打败奥兹国的奥兹玛，成为奥兹国新的统治者，当她当上奥兹国女王之后，一定会组织最大规模的军队征服整个世界，或许有一天她还可以找到去月亮的路，去统治月球。这想法让安女王很激动，她觉得这一切太美好了，以后她就可以有事情做了，不用再过这无聊的日子了。

看来，组建一支军队是当前十分必要的事情了，她又想了一下她手下的十八个男人，这离一支军队差得太远了，但也许他们只要拿着武器，对奥兹玛军队那些手无缚鸡之力的官兵来说就是一种威胁，只要吓唬吓唬没准就能让他们束手就擒呢。

“那些每天钻在书本里的人，肯定会被这些兵戎相见的场面吓得屁滚尿流的。”安女王想着，不由得笑出声来，“到时候都用不着流血牺牲，只要我们拿出长枪，他们肯定就乖乖投降了。哈哈！”

思前想后，安女王就打定主意去做这件宏伟的事情了。她想着：就算是失败了，也比在这穷山沟里待着强，以后也不用跟那个不讲道理的莎莉妹妹吵架了，而且，不亲自去做，怎么能知道就不会成功。必须用实力证明自己，拿到自己该得到的一切。

于是，安女王开始着手建立她的军队。

她首先来到一个苹果园，找到因为苹果园而得名的苹果乔。她对苹果乔说：“我要去征服世界了，你一定要答应参加我的军队。”

“不要拿这种玩笑耽误我的时间了，我亲爱的女王，要知道我还有一大堆活儿要干。”乔一边剪着苹果树枝一边说。

“我不是在征求你的意见，我只是通知你，这是你必须要做的事，你知道这是命令！”

“那既然这样，我就只能对你臣服。”苹果乔很无奈地说，“但是，我可不是一般什么小兵衔就能答应的，你得让我当个大官。”

“这没问题，我将留一个将军的位置给你。”安女王肯定地说。

“对了，那将军会有肩章和长剑吗？”乔有点好奇地问。

“那是当然的了。”安自信地说。

然后女王来到了一个面包园，那里有很多长满了面包的树，有热圆面包、冷圆面包，还有全面和麦粉的面包。这里有个人也叫乔，由于他的面包园所以人们叫他面包乔。

“乔，”安说，“我打算去征服世界了，你必须参加我的军队。”

“这可不行，满园子的面包都到了收获的季节。”面包乔尖叫着。

“让你的家人去做，你的妻子和孩子呢？”安说。

“可是，你不知道，我太重要了。”面包乔争辩说。

“所以，我才会给你将军的头衔。到时候，你戴着金边三角帽，佩戴着闪闪发亮的长剑，走在队伍前面的时候，将是多么威武。”

乔虽然还是有点不情愿，但还是答应下来了。

女王于是走向了一个地方。还是一处园子，满树都长满了蛋卷冰激凌，

园主人因此得名蛋卷乔。

“蛋卷乔，”安坚决地说，“我要去征服世界，你必须参加我的军队。”

“这有点难度，陛下。”蛋卷乔马上回绝，“说起作战，我老婆比我在行，我早在几年前就是她的手下败将，我看你还是去邀请她参加你的军队吧。”

“不可以，”安用不容置疑的语气说，“军队怎么可以有女人参加，我想组建一支属于男人的军队，那是世界上最凶悍威猛的军队。”

说完，安用严肃的眼神盯着这个懦弱的男人。

“可是，陛下，”蛋卷乔嗫嚅着，“我要去参加军队了，我老婆怎么办？”

“女人家当然留下来管家了。”安回答道。

“那好，我可以答应你。”蛋卷乔答应了下来。

“正好，我还可以让你当我的将军。”安一边说着一边走到钟乔的果园，那里长满了钟树。当安说明了来意，钟乔坚定拒绝。可是当安说可以让他当将军的时候，他似乎动心了。

“你的军队有多少人？”钟乔问。

“大概十八个。”安说。

“那么，有几个将军了？”

“算上你，已经四个了。”

“那将军已经够了，其他的人就当上校吧。”

安答应了乔的建议，她于是又相继来到了李子乔、鸡蛋乔、班卓琴乔、奶酪乔的果园。当然这些果园里分别长着他们名字里的树。于是安又有了四个上校。当她来到钉子乔的果园时，钉子乔发现将军和上校太多了，所以就选了个少校当。接下来成为少校的是蛋糕乔、火腿乔和长袜乔。然后上尉的人选就是三明治乔、挂锁乔、圣代乔和纽扣乔。

但是接下来安发现了一个问题，如果乌盖布剩下的两个男人都是中尉的话，那么她的整个军队就有四个将军、四个上校、四个少校和四个上尉，那么这些将领会互相不和谐，而且还会有嫌隙，甚至会造成混乱。

可是，剩下的两个人中，有个叫冰糖乔的，他死活都不去参军，无论给他什么条件，都不能吸引他，恐吓更没用。他的理由是，他果园里的杰克孙糖、柠檬硬糖、夹心糖和奶油巧克力糖都到了收获的时期。而且，玉米花核桃饼和牛油炒玉米花都到了收割和脱粒的时候，他得保证乌盖布的孩子们到时候吃到新鲜可口的糖果，而不能因为什么不现实的战争剥夺孩子们吃糖的权利。

安女王拗不过他，就不再争取了。她来到了最后一个男人的果园，他叫书夹乔。书夹乔比其他人都年轻，他的果园里有十二棵长满各种书夹的树，还有九棵树上长满了各种故事书。书是怎么长出来的呢？

原来书夹乔这九棵树上首先长出来的不是书，而是翠绿色的大果荚，等果荚变成深红色的时候，就是成熟的时候，摘下果荚，剥掉硬壳，书就可以读了。如果等不及的话，早早采摘下来，那故事书的内容就会很糟糕，完全看不懂，而且还错误百出，没有一点趣味。等到成熟的时候，书里的故事就会很动人，读起来也很让人陶醉，最重要的是，一点错误都没有。

到了书能看的时候，书夹乔都很慷慨地免费把书送给别人。遗憾的是乌盖布的人不太喜欢读书，所以书夹乔一般都是自己摘下来自己读。而且

树上结出来的书有一个致命缺点，那就是只要有人读过，它的字便消失了，而且书页也会干枯腐烂。

当安女王对书夹乔说了她的想法后，聪颖的书夹乔觉得这个想法太鼓舞人心了，所以他决定支持她，但是他觉得什么将军、上校、少校、上尉，都太没意思了，他要去就当一名士兵，那种冲锋陷阵的士兵，他觉得那是一种荣耀。

可是安有些不赞同他的主意。“我的军队里，不能出现普通的士兵，就连奥兹玛的军队里的唯一士兵也被她封为大统帅，所以我的军队里也不需要士兵。”

“奥兹玛的军队不用去征服世界，不需要战争，”书夹乔说，“但是你的军队不一样，你想要征服世界，你想要去实现自己的理想，这必须需要士兵，因为那些冲锋杀敌的都是士兵，军官在敌人面前是不堪一击的。另外，总得有人去听从军官们的命令，我觉得我就是这样一个人。我要成为英勇杀敌的英雄，等到我们胜利地回到这里时，我要搜集所有的大理石，为自己建一座雕塑，让人们都来敬仰和膜拜。”

安听了书夹乔的话感到非常欣慰，她需要的就是这种精神，至少现在她的宏伟目标需要这样的勇士。而书夹乔还对安女王说了一件重要的事，那就是他知道一棵枪树，那树上长满了各种枪，说完他还立刻去那里摘下来一支又长又结实的滑膛步枪。至此，安更加坚定这个征服世界的信念了。

第二章
从乌盖布启程

很快，安女王的军队组成了。仅仅用了三天，他们便整齐着装来到王宫前的广场集合。一共十六名军官，他们都穿着耀眼的军装，腰里别着一把长剑，闪闪发光。一名士兵，就是书夹乔，他带着一把长枪，神情特别端庄肃穆，气宇轩昂，就连军官们看着他的时候，都不得不在心里默默称赞，并且对他还有些忌惮。

但是不容乐观的是，所有乌盖布的女人们都出来抗议了，她们斥责安女王带走了她们的丈夫、父亲。但是安不为所动，用从未有过的凌厉的眼神看着女人们，并且用很冷静和冷漠的语调对她们说，这是命令，没有人能够违背。

“集合！”安发出了严厉的口号。

“哈哈，我觉得你这支军队，真打起来，逃跑的速度应该比他们作战的速度快得多。”莎莉靠在窗户旁，大声对安说笑着。

“你说得对，”面包乔将军说，“你知道的，我们其实都不想去打仗，我

们只是想去抢一些东西回来，越多东西越好，不打仗是最理想的状态，我想这才是我们的理想。”

“我可不这样认为，”书夹乔说，“我最想的就是战场和战争，那才能实现我人生的价值。你没听说吗？最有价值的人生就是不停地去征服，而且这样才能成为英雄。”

“我赞同你的说法，我勇敢的士兵，你是真正的男子汉！”安不由得赞美起来，“只有主动出击，才能达到自己想要的目的，就像我们，我们不仅仅能够带回战利品，我们还能成为英雄。有你这样的士兵，有你这样的精神，我想过不了多久，我就会拥有整个世界了。莎莉，就待在你那小小的窗子里吧，等着看吧，我再回来时，一定声名显赫，那个时候再来羡慕我吧。出发了，我的将军们。让我们走吧！”

一声令下，所有将军都神采奕奕地站直了身子，昂首挺胸，端着闪闪发亮的宝剑，对着上校们大声喊道：“出发！”

然后上校们又对着少校们发号施令，少校们又对上尉们喝道：“出发！”接着上尉们又对着唯一的士兵喊道：“出发！”

于是书夹乔扛起抢走在了最前面，一个长长的队伍跟在他后面。安女

前进！

王走在队伍的最后面，她此时心里都乐开了花，想到这支了不起的军队，想到征服世界的快乐，安女王恐怕睡觉都是笑着的，但是她也很惋惜，为什么自己到现在才想到征服世界这个目标呢，如果早几年想到，或许现在世界已经是她的了。

这支安女王的队伍就这样蜿蜒前进着，他们过不了多久，就会翻过那个狭窄的山口，来到仙境奥兹国的领地了。

第三章

美丽的奥兹国女王奥兹玛，根本不知道此刻她的乌盖布女王已经要进攻奥兹国，并且要取而代之，她现在每天还是忙着为她的臣民们筹谋如何使他们更加幸福地生活，她根本无暇顾及其他，也压根就不会想到会有一个弹丸之地的小女王造反。但是，奥兹国有个好女巫，她叫格琳达，她一直严密观察着奥兹国的一切，捍卫着奥兹国的安全。

格琳达住在奥兹国的北方，人们叫她北方女巫，她的城堡很豪华，高大，北方是她的领地，人们都很支持她。她有一个记事簿，在那上面，她能够看到世界上任何一个角落、任何一段时间内发生的任

何事。

哪怕是一件微不足道的小事，记事簿也都清晰地记录着，比方说一个小孩在吃奶、玩闹和睡觉，更别说比较轰动的大事，像哪座城堡失火、哪里出现战争，记事簿更是真切地显现。

北方女巫每天都看一遍记事簿，所以乌盖布女王安·索福思的计划，完全被北方女巫知晓。她看到了安怎样召集军队、怎样组建人马、怎样带着他们浩浩荡荡奔赴奥兹国。

但是北方女巫格琳达并没有告诉奥兹玛这个消息，因为她觉得这件事太微小了，安的军队对奥兹国来说简直不值一提，就算安组建再强大的军队，凭借格琳达的实力，再加上奥兹魔法师的帮助，那也是轻而易举能够攻破的。但是任何战争和不服从对于奥兹国来说都算得上是一种耻辱，所以格琳达想要自己解决这件事。

她走到城堡里的一间大房子里，那是她的魔法室，她在那里轻松地就把乌盖布的出口变得回环曲折，当安的军队从山口走出来的时候，她们到达的根本就不是奥兹国，而是其他的什么地方。格琳达用自己的魔法变出一道人眼看不到的天然屏障，隔断了安的军队到奥兹国的路。

所以当安的大军通过了山口的时候，那个山口就在他们身后完全消失了。现在他们连回到乌盖布的路都没有了。他们走啊走啊，他们自己觉得已经足够到达奥兹国了，但是出现在眼前的却完全是另一个陌生的地方，而且这里似乎没有路，没有人知道他们在哪里，也没有人能够指出出路。而且，他们中的任何一个也不知道奥兹国是什么样子，因为他们从未走出过山谷。所以，当他们在一个陌生的地方转悠了好久之后，他们才知道这里根本就不是奥兹国，而是一个完全不相关的地方。

“这样也好，”安极力掩饰自己的失望和不安，“我们的目的就是征服整个世界，我们走到一处就可以征服一处，等到我们有一天到达奥兹国的时候，就会发现原来我们已经征服了世界的每一个角落。”

“陛下，你的意思是这里已经被我们征服了吗？”蛋卷乔焦急地问道。

“当然，只不过现在我们还没有遇见一个可以说话的人，如果看见了，我们就可以大声地告诉他，他已经是我们的俘虏，必须当我们的奴隶。”安骄傲地说。

“那样，我们是不是可以掠夺战利品了？”苹果乔将军说。

“可是，我并没有看到这里有什么可以当作我们的战利品的，”书夹乔有些没心情，“这样不费吹灰之力的征服简直太无聊了，我倒希望出来一个人跟我们大战一场。”

“别叹气，书夹乔，”女王安慰道，“无论我们用不用去打仗，我们都是非常会打仗的，不过，我倒是觉得，这样不费一兵一卒的战争很让人舒服。”

渐渐地，大家都觉得这里真的很没劲，除了荒草什么都没有，让大家更失望的是，这里根本就没有可以用来充饥的东西。大家都非常饥饿和疲惫，所以心情都变得特别糟糕。如果这里能够找到回乌盖布的路，估计会有人现在就要当逃兵了。但是谁也不知道回去的路在哪里，所以没人敢擅自单独离开，大家觉得还是待在一起最安全。

安女王的火暴脾气又开始发作了，她带着军队像困兽一样在这个荒芜之地乱走乱撞，完全找不到出路，也没有看见任何一个可以成为奴隶的人，更别提可以填饱肚子的食物。所以她开始抱怨和斥责她的军官，这些刚刚被任命为将军的人也非常恼火，所以他们不客气地让安把嘴闭上。更有人还直接埋怨安，既然不知道出路，为什么要把他们带出乌盖布，要知道那里是多么祥和安宁的所在。他们现在都想家了，想着自己美丽而又可爱的果园，想着自己美丽的妻子、可爱的孩子。

但是这群人里，还有一个人的表现完全跟大家不一样，他就是书夹乔。他对目前的困境充满了兴趣和斗志。他看着唉声叹气的将领们，反倒轻松地吹着口哨。只有他能够给安女王一些安慰和动力，她会经常和这个士兵交谈，却不怎么去和她的将领们商议了。

这已经是第三天了，他们在完全没有找到出路的时候，又面临一场灾难。这天刚刚黄昏，天就完全黑得什么也看不见了。

“我看是要起大雾了！”钉子乔将军大叫起来。

“我觉得这不是一场大雾。”书夹乔说着，便很有兴致地去研究那越来越近的黑云，“依我看，那是一只雷克呼出的气。”

“雷克是什么？”安女王瞪大了眼睛看着黑云，不安地问道。

“一种可怕的怪兽，如果真的是这样，那我们估计就没法实现我们征服世界的梦想了。”书夹乔说着，脸色也变了，“我是在我树上结的书里看到的，那东西真的很可怕。”

听了书夹乔的话，所有人都不由得往一起凑了凑，身子不由自主地发起抖来。

“那这东西到底长成什么样？”不知道是哪位军官颤抖地问。

“我也不十分清楚，只在书里有个模糊的插图。”书夹乔说，“因为当时这本书还没成熟，过早地被采摘了，所以我只能看见一个会飞的猛兽，跑起来速度也很快，还会游泳。身体就像一个大熔炉，吸进空气，吐出来就变成了黑烟，所以不管他去哪里，那里都变得黑烟滚滚，不见天日。而且，他身形巨大，比我们这样的人一百个加起来也不止，并且他还吃任何活的东西。”

所有的军官们都站不住了，他们脸色惨白，浑身颤抖，大汗淋漓。但是书夹乔说：“或许我们看到的不是雷克，这也说不定，而且，你们别忘了，我们属于奥兹国，奥兹国的人是不会死的。”

“可是，万一雷克把我们抓起来，放进嘴里，然后把我们嚼得粉身碎骨，那我们会怎么样？”纽扣乔上尉痛苦地扭动着身体问道。

“那我们的每一块也都活着啊！”书夹乔说。

“那样活着有什么用？”班卓琴乔上校哀伤地说，“我看不出一块汉堡能有多快乐。”

“别担心，或许这片乌云并不是雷克，”书夹乔说，“等它过来时，我们就知道这是雷克吐的烟还是一片乌云了。如果我们的鼻子里没有烟的气味，那就可能只是一片雾；如果我们能闻到一股盐和胡椒粉的气味，那可能就是雷克了，那样我们必须要做好作战的准备。”

大家都屏息凝视着，乌云越来越近，更可怕的是，每个人鼻孔里都充斥着胡椒粉和盐的气味。很快，乌云包围了这支队伍。

“天啊，真的是雷克！”书夹乔惊叹道，其他的军官们听到这声叹息，都吓得屁滚尿流地趴在地上，抱着脑袋，在浓烟里乱窜，安女王却并没有乱阵脚，她坐在一块石头上，虽然也很害怕，但是努力让自己镇定下来，瞪大眼睛看着前面那团烟雾。而书夹乔已经把子弹推上枪膛，时刻准备着跟雷克一决高下，他站在那里，威风凛凛，镇定自若，很像一个真正的勇士。

现在，他们的周围都黑了下来，夕阳在乌黑的云层中就像一个黑炭球，突然，灰暗中出现两颗大大的圆火球，只有书夹乔知道那是怪物的眼睛。在灰黑的世界里，它们是那么突兀，看起来太骇人了。于是书夹乔本能地举枪、瞄准、开枪。

书夹乔的子弹是从树上摘下来的，子弹威力很强大，“嘭嘭”几声枪响过后，一只庞然大物从天上扑棱着翅膀坠落下来，一声惨叫，整个巨大的身躯趴在了十六个军官身上，十六个军官也像中弹了一样，惨叫不止。他们的叫声甚至超过了怪物雷克的哀鸣。

“啊，啊呀！”雷克呻吟着，低哑着嗓子说，“你看你都做了什么，愚蠢的士兵，拿开你那杆破枪！”

“我并不知道你在那里，你吐出来的烟雾简直太黑暗了，我看不清任何东西！”书夹乔分辩道。

“难不成你连自己枪里装着子弹这件事都不知道吗？”雷克很不满地低喊着，“如果你知道这一点，难道就不能避免这件事情发生吗？”

“你的意思是说我是故意的了？天地良心，我只是出于一种自卫。”书夹乔说，“你伤得很重吗？”

“你觉得呢？你的一颗子弹打中了我的下颚，现在我马上就不能张嘴了，你没听见我的声音都这样嘶哑吗？我只能从喉咙里往外喊了。另外，你的一颗子弹还打伤了我的翅膀，现在即便是我想飞起来，也做不到了。第三颗子弹还把我的腿打中了，现在我是连站都站不起来了。你的子弹打得太任性了，我从来没见过这样的枪法。”

“不管怎样，你现在能不能挪动一下你的身体，因为你的身下压着我们的军官，你没听见他们的哀号吗？你再不起来，估计他们都成馅饼了。”

"那不是正好吗？"雷克非常得意地吼着，"虽然在闷热的天气里我胃口不是很好，但是吃掉你们几个也不是个难事，压成薄饼不是正好吗？谁让你的枪法这么糟糕，让我心情这么不好呢！"

雷克说着还在军官们身上滚动起来，以便把他们压得更均匀些。可是由于他受伤了，控制不了自己，所以滚到一边去了，这样十六个军官赶紧连滚带爬地从地上起来了，然后赶紧跑出去很远。

书夹乔在漆黑的环境里是看不到他们是否逃离了的，但是他能听见他们的声音，所以他知道他们都逃开了，书夹乔终于把悬着的心放下了。

"打伤你，我很抱歉，但是现在我们必须赶路了，我但愿你不会因为枪伤而死，如果你真的死了，也请不要记恨我，因为我是迫不得已才对你开枪的。"书夹乔对雷克说。

"你放心，我是不会死的，因为我有长生不死的魔法。"雷克着急地说，"但是，你不能把我一个人放在这。"

"为什么不能？"书夹乔问道。

"因为你打伤了我，给我带来了困扰，所以你必须留在这里，等我的下颚好了以后，大约一个小时吧，一个小时就能好，我就可以把你吃掉了。我的翅膀过不了多长时间，大约一天吧，一天就能恢复。我的腿大概一星期就能好起来。那时候我就能飞，也能跑了。"

"这个我肯定做不到了，因为在你之前，我已经答应乌盖布女王安，要帮助她去征服世界了，所以我必须遵守我的诺言，你应该能理解吧。"书夹乔解释道。

"我想我能理解。"怪物雷克说，"既然你已经答应了别人，那我就不阻拦你了。"

这样，书夹乔就再次跟雷克告别，他磕磕绊绊地在黑暗中摸索着，最后他的手触到了安女王那瑟瑟发抖的身体，他拉起安女王的手，向烟雾外面走去。他们走了很久，才依稀看到光亮。一条小路在他们脚下展开，他们沿着这条小路一直向前走去，不久他们就来到了一座小山顶，现在他们能看到夕阳坠下了山谷，晚霞很美丽。脱离了雷克的烟雾，他们终于可以好好看看眼前的风景了。但是美丽的景致并不能让这些惊魂未定的军官们不再心悸，他们一个个紧张兮兮，神经兮兮，不住地向周围张望着。直到走出了更远的距离，他们才决定停下来休息。

现在轮到安女王开始训斥他们了，她觉得这些军官比起士兵乔来说，简直太窝囊，太懦弱了。“书夹乔这次表现简直太好了，像一个真正的英雄。”安说。

“可是，你不觉得我们的脑子要比他的更理智吗？”钟将军低声说，“如果不是我们足够聪明，逃出来了，现在谁还会帮助你征服世界呢！再说刚刚书夹乔还差点被雷克吃了，如果那样，他就真的背叛你了！”

继续歇息了一会儿，他们便很快走到了下一个山谷，雷克已经完全被抛在脑后了，所以，整个队伍又士气高涨了，前进的速度也在明显加快。傍晚的时候他们来到了一条小溪边，安女王命令大家在这里安营扎寨，休息一晚再上路。

军官们都把自己肩上的包裹取下来，里面都装着一个帐篷，看起来很小，但是支撑开来，足够一个人睡。书夹乔的包裹比别人的大一点，因为安女王的小帐篷也在里面，而且他还帮助安女王带着一张小床、一把小椅子和一张小桌子。但是这些并不是普通的东西，它们从背包里拿出来的时候就变得很大了，桌子里有个抽屉，装满了安女王的日用品、换洗衣物。只有她带了一张床，因为她是女王，其他人都睡在吊床上。

当书夹乔把帐篷支好后，他又从背包里拿出一面旗帜，上面绘有乌盖布的国家标志，书夹乔每天晚上都把这面旗帜插在他们的宿营地。安开心地看着这面旗在夜空里飘扬，那一刻她就会觉得她真的征服了这里，尽管除了他们几个人之外，再没人能看到这面小小的旗帜，但是安心里已经很知足了。

第四章

大海搏浪

海浪声声、乌云密布、电闪雷鸣、狂风大作，一只小船在海浪里颠簸，只一个巨浪，便把小船无情地拍到礁石上。原来还在甲板上站着的贝翠·鲍宾这时候被甩到了墨绿色的海里。跟着贝翠一起掉进海里的还有一头干枯瘦小、满面愁容的驴子，他叫汉克，他比贝翠滚出更远。

贝翠在海里沉浮着，她一会儿冒出海面，大口地喘气，一会儿又沉下去，忽然她的手碰到了一缕头发一样的东西，她以为是一条绳子，就狠命地拽住它，但是接着，耳边传来汉克低哑的嘶鸣，贝翠这才知道，她抓住的是汉克的尾巴。

一个巨大的闪电划破黑色的海天，那艘撞礁的小船忽然起火了，然后瞬间就沉没在无边无际的大海里。

贝翠吓坏了，她觉得自己浑身都在发抖，好在不远处漂来一块小船的残骸，于是她松开汉克的驴尾巴，奋力游向那个残骸，并抓住了它，现在她安全了，整个身子都在这块丑陋的木片上。汉克也看到了这片救命的“稻

草”，他也拼命游过来，可是他那么笨，根本爬不上残骸，贝翠只好伸出手，把这只笨驴子拉了上来。

这只小小的木筏上，现在挤着贝翠和汉克，虽然他们只能站在一起，但是这却足以使得他们不会葬身在这片无情的大海。

暴风雨一直没有停过，天空不时电闪雷鸣，巨大的雷声伴着明晃晃的闪电，就在头顶上轰隆隆响个不停，一只小小的木筏被惊涛骇浪抛起来又扔下去，就像孩子们在地板上扔着皮球。贝翠现在十分的焦急，她不知道能不能熬过这样的一个夜晚。在黑乎乎的海面上，只有他们俩漂来荡去，生死未卜。

汉克也一样的焦急和无望，因为他不时地用他微凉的鼻子碰触着贝翠的后背，并发出低柔的叫声，似乎在安慰她不要担心。

“哦，汉克，你在对我说，你能保护我吗？”贝翠无望地问道。汉克却用“唏——嚎”一声来回答贝翠，在贝翠听来那算是一种肯定的答案。

贝翠想着小船撞礁前的事情，那是多么平静和平的日子啊，贝翠和汉

克是在那只小船上成为朋友的，所以在危急时刻，她觉得这只驴子可以保护她，而且会尽全力保护她。

他们就那样漂啊漂啊，一直漂浮了一个晚上，暴风雨渐渐过去，偶尔远方还会传来低沉的雷声，但是再也没那么恐怖了，海面上也渐渐平息下来，浪涛没那么大了，木筏比之前稳多了。贝翠经历了一晚上的颠簸，此刻累极了，汉克尽量占据最小的空间，给贝翠留出来最大的位置可以躺下来休息。贝翠很快睡着了，驴子汉克就负责看护她，以防止她再次落入水中。

汉克一直睁着眼睛，他虽然也感到疲惫，但是为了贝翠的安全，他努力坚持着，蜷起身子在木筏上趴了下来，静静地守候在贝翠的身边，等待清晨第一缕曙光的到来。

阳光暖暖的，晒醒了沉睡的贝翠·鲍宾，她从木筏上坐起来，揉了揉眼睛，望向波光粼粼的海面。

“看那，汉克，前面是一片陆地。”贝翠兴奋地叫着。

汉克用他那嘶哑的声音低声应答着。

木筏现在正漂向那块陆地，那是一个美丽的地方，翠绿茂盛的树木林立其中，满树繁华，争奇斗艳。但唯一遗憾的是，没有看见一个人影。

第五章

玫瑰花排斥遇难者

木筏就这样慢慢停靠在了金色的沙滩边，贝翠轻松地跳上岸，驴子汉克也跟着上来了。阳光真好，到处都晒得暖洋洋的，玫瑰花的香气充溢四周，贝翠贪婪地呼吸着这带着芬芳的空气，心情都好了起来。

“汉克，我忽然觉得自己饿了。”小姑娘贝翠说，此时，她精神很是振奋，“玫瑰花的味道真是浓郁，可是，我们是无法用它来填饱肚子的。”

“唏——嚎！”汉克就算是回应了贝翠，然后踏着欢快的小碎步顺着一条小路走去。

贝翠跟在汉克后面，一边走着，一边欣赏周围美丽的风景，贝翠看到一座玻璃花房，在阳光下，这座花房就像水晶一样，折射出无数的七色光彩。

“汉克，我猜想这附近一定有人，不然这些花房是谁在打理呢？”贝翠若有所思地说，“走，汉克，我们去找找有什么可以吃的，我都饿疯了。”

贝翠带着汉克走向那个阳光下闪闪发光的玻璃花房，但是他们一个人

都没看见。花房的门虚掩着，汉克先走进去了，他是怕里面万一有什么危险伤害到贝翠。贝翠也跟着进去了，他们被看到的景象惊呆了，站在那里一动都不动。

玻璃花房里都是一丛丛的玫瑰，各种颜色，各种姿态，它们都长在一个个大花盆里。每一朵花都那么清香、娇艳、漂亮，它们像极了一个个美丽的姑娘，笑逐颜开。

这些玫瑰似乎能看见贝翠和汉克，他们进来的时候那些娇媚的花朵都低下了头，合上了花苞，像害羞的姑娘。驴子汉克实在太吃惊了，他禁不住发出称赞的低叫，“唏——嚎！”但是这一声嘶鸣，使得所有花朵都为之一动，脑袋重新抬起来，就像有几百只眼睛同时盯着驴子汉克一样。而且几百只眼睛里都充满了斥责，仿佛他们是不请自来的冒失客人。

“嗨，对不起，对不起！”贝翠窘迫地道歉，并小心翼翼地打招呼。

“哦——哟。”几百朵花嘴里齐声叹息着。

“你不知道刚才的声音有多可怕吗？”一朵玫瑰花埋怨道。

“对不起，是这只驴子汉克叫的，他太吃惊了。”贝翠说。然后汉克又

低声叫了一声，仿佛是为了证明刚才是他叫的一样。

驴子叫完之后，所有的玫瑰花像被什么人摇晃着抖个不停。有一枝苔藓玫瑰微微喘着粗气，埋怨道："老天，这声音简直太可怕了，你自己是想象不到的。"

"这声音有什么可怕的，你们听习惯就好了。等你们真的习惯了，不听见，反而会睡不着呢。"贝翠说，她忽然有点觉得生气。

听了这些，玫瑰花的情绪稍微缓和了一些。有一朵玫瑰花看着驴子，轻声问道："你这只野兽，是叫汉克吗？"

"是啊，是他，他可是一个最忠实、可靠而又真诚的朋友了。"贝翠说着，还伸出双手抱着汉克的脖颈，"汉克，我说得对吗？"

"唏——嚎！"汉克这一声就算回答了。玫瑰花又情不自禁地发起抖来。

"还是请你们离开这里吧！"一朵粉色的玫瑰哀求着说，"我实在受不了这种声音了，况且你们没看到，我们都被吓坏了吗？"

"我们又能去哪里呢？"贝翠说，"为什么让我们走开。要知道我都不知道我会去哪里，我们的船在海上撞礁了。"

"什么？撞礁？！"玫瑰花异口同声地叫道。

"是啊，我们坐的一艘大船被暴风雨打沉了，"贝翠说道，"要不是汉克和我在海里抓住一截船的残骸，漂到了这里，我们早就葬身大海了，我们漂泊了一夜，又累又饿。但是，能告诉我们，这里是什么地方吗？"

"玫瑰王国，这里是属于我们的王国，"苔藓玫瑰自豪地说，"这里是专门培植玫瑰花的地方，而且都是全世界最稀有的玫瑰。"

"是的，这一点我可以看到，你们确实都非常的珍贵和少见！"贝翠注视着这片少有的美丽的玫瑰花田。

"所以，你们还是赶紧离开吧，等宫廷花匠发现你们，你们就惨了，他肯定会把你们重新扔到大海里。"

"哦？这里有花匠吗？"贝翠带着惊喜问道。

"是啊，当然有花匠。"

"花匠也是玫瑰花吗？跟你们一样？"贝翠试探着问。

“哦，不，当然不是，他是一个人——一个了不起的人。”一朵玫瑰花说。

“太好了，我就想找一个人，无论他是什么人，我都不会害怕，是一个人就好。”贝翠兴奋地说，终于可以知道这里有一个人在了，她松了一口气。抬起头，正看见一个男人走进来，手里拿着一把铲子和一把水壶。

这个花匠看起来很滑稽，他穿着红玫瑰色的衣服，膝盖和肘部都扎着黄玫瑰色的缎带，金色的头发上绑着蓝玫瑰花的缎带，消瘦的脸上纵横交错都是皱纹，一双散发着光亮的小眼睛长在一个尖尖的鼻子上面。

“啊——哦！”当他看到花房里的陌生人的时候，不由得发出了惊讶的呼声。汉克这时候也大声嘶鸣起来，花匠这下更加惊慌失措了，他把水壶扔到了驴子的脑袋上，水壶挂在了驴子的耳朵上，上下跳动着。最后花匠还被他自己带的铲子绊倒，四脚朝天地躺在地上。

贝翠看到他这样子，笑得直不起腰来，她走过去，把汉克耳朵上的水壶取下来。驴子被花匠这样一闹已经十分恼火了，他龇着牙、蠕动着厚嘴唇，将屁股朝向花匠。

“小心他踢你！”贝翠大声喊道，花匠赶忙从地上爬起来，躲到一大丛玫瑰花中间。

“打住，都停下来，你们这是在犯法，知道吗？”花匠在玫瑰花丛中探出脑袋说。

“犯法？犯什么法？”贝翠好奇地问。

“玫瑰王国的法律，这里不允许外人入内。”花匠严肃地说。

“难道玫瑰王国的人都没有同情心，就连海上遇难的人也不肯收留吗？”贝翠说。

“当然，法律是不能给任何人额外的特权的，”宫廷花匠严肃地说。他还想说点什么，但是这时咔嚓一声脆响，暖房顶上的玻璃碎了一处，一个男人从房顶滚下来，重重地摔在地上。

第六章
邋遢人寻找失散的兄弟

这从天而降的人，穿着邋里邋遢的衣服，头发也乱蓬蓬的，胡子也乱蓬蓬的，贝翠刚开始并没有觉得那是一个人，直到这个人爬起来坐在地上，才看清那是一个人。这个人手里拿着一个咬了几口的苹果，原来他是一边咬着苹果一边摔下来的。但是他坐在那里继续咬着那个苹果，显然根本没有因为刚才的事情有半点惊吓。他嘴里嚼着苹果，开始四处张望。

“嗨，陌生人！”贝翠夸张地打着招呼，“你是谁？你从哪里来？”

“问我呢？哦，我是邋遢人啊。”他说着，又咬了一口苹果，“我只是偶尔路过这里，看见这座美丽的玻璃花房，就想拜访一下，抱歉，我这样的拜访有点特别。”

“哈哈，我看你是遇到了意外吧！”贝翠笑着说。

“对啊，我本来是爬到苹果树上去摘苹果，但是树枝忽然断了，我就这样从天而降了。”邋遢人说完，把吃剩的苹果核送到汉克的嘴里，汉克的驴脸都笑开了花，边嚼着苹果核边低声嘶呜，似乎在道谢。邋遢人也很开心，

他站起来，对着贝翠和玫瑰花丛深深鞠躬。

花匠被这突如其来的所有事吓破了胆，他躲在玫瑰花丛中偷窥着眼前发生的一切，现在他实在忍无可忍了，用他尖厉的嗓子喊道："你们这是在犯法，在犯法，你们知道吗？"

邋遢人认真地扫视了一眼蹲在花丛里的人，然后问道："玻璃跟这个国家的法律有什么关系吗？"

"打碎玻璃就是触犯法律。"花匠厉声尖叫，"你们擅闯玻璃暖房这也是犯法，这里不允许外人进入。"

"谁制定的法律？你是怎么知道这一切的？"邋遢人镇定地问。

"这你都不知道吗？这是书上白纸黑字写好的。"花匠说着从玫瑰花丛走出来，从口袋里拿出一个小册子，"第十三页，你们自己看：陌生人擅闯玫瑰王国将被定罪并处以极刑。现在你们该明白吧，陌生人！"说完他得意地扬着手里的本子，一脸傲慢地继续说："你们的死期到了，你们还不知道吧！"

这时，不知汉克什么时候将屁股对准了花匠，他实在太讨厌这个唠唠叨叨的花匠了，于是他飞起一脚，直接踹向花匠的腰部，这样这个花匠的身子弯成了一个大虾米，直接飞了出去，那速度之快，贝翠都没来得及看第二眼，花匠就消失在眼前了。

驴子汉克的出脚让贝翠有些焦虑，她怕这下真惹上官司了。

“快逃吧！”贝翠急忙走过去，拉起邋遢人，“一会儿他要是叫来人，我们肯定被打死在这里了。”

“小姑娘，别怕，”邋遢人友善地拍拍贝翠的脑袋，“我这里有‘爱的磁铁’，任何人都不会伤害我的，放心吧。”

“‘爱的磁铁’，那是什么？为什么那么神奇？”贝翠一连串地问道。

“那是一块非常具有魔力的小东西，看见它的人，没有谁能够不被吸引。”邋遢人温柔地笑着说，“本来这块磁铁是挂在奥兹国的翡翠城门口的，在那里挂着，让所有人进入翡翠城都会爱上那里，可是每当我出去旅行的时候，伟大的奥兹玛公主就会让我把‘爱的磁铁’带在身边。”

“啊，你说什么？你真是从奥兹仙境来到这里的吗？”贝翠瞪着明亮的眼睛问道。

“对啊，我就是从奥兹国的翡翠城来这里的啊，你也知道那里吗？”

“对啊，我想这个世界上是没人不知道那里的，奥兹国是多么好的仙境啊！那你一定知道奥兹玛公主了？”

“是啊，奥兹玛公主是我的朋友。”

“那么，是不是那里还有个多萝茜公主？”贝翠问。

“对啊，多萝茜是我最好的朋友。”邋遢人说。

“老天，那你为什么要离开那么美丽可爱的地方呢！”贝翠太吃惊了。

“为了去完成一件事啊，”邋遢人回答道，“我有一个小兄弟，他已经离开我好多年了，我要找到他。”

“听到这个消息真遗憾，但是他为什么不见了？”贝翠忧伤地问道，她很为这个人担忧。

“唉！他离开我已经十年了，”邋遢人说着，流出了伤心的泪水，并用手帕擦着眼泪，“我以前还不知道，但是后来我在奥兹国北方女巫格琳达的魔法记事簿中看到了我这个小兄弟失踪的这件事，所以我就开始找他，尽我最大的能力。”

“那他是在哪里走失的呢？”贝翠问。

“在偏僻的地区，在去翡翠城以前我一直生活在那里。我的兄弟是个矿工，在矿里开采黄金，可是有一次，他进了金矿，就再也没有出来，他的矿友到处找他，可就是没有找到他。他像人间蒸发了一样，再也没有人见过他。”邋遢人伤心得说不下去了。

“哦，老天，那你觉得他会怎么样？到底会发生什么？”贝翠接着问道。

“我想，答案可能很唯一，”邋遢人说着，又从口袋里掏出一个苹果咬了一口，可能是为了缓解伤心，“地面上找不到他，那他肯定是被矮子精国王带走了。”

“矮子精国王？那是谁呢？”贝翠感到很好奇。

“他是一个金属大王，名字叫拉格多，住在地下的一个洞穴里，他向外宣称，全世界的金子都是他一个人的，哦，别急着问我为什么。”邋遢人说道。

“为什么？”贝翠还是忍不住问。

“因为我也不知道为什么。但是我猜想，因为我兄弟是一个采金矿工，他一定是个优秀的矿工，采了最多的金子，所以矮子精国王盛怒之下，才把他带走了，一定是带到他地下那个洞穴里去了。哦，小姑娘，别问为什么，我真的不知道这一切是为了什么。”

“可是这样一来，你也永远不会找到你那个兄弟了，因为你不想去想这一切是为了什么。”小姑娘贝翠遗憾地说。

“也许真的找不到他了，但是我一定会想尽一切办法去找。”邋遢人说，“我找了好多地方，但是都没有找到，不过我觉得这只能说明，我没有找对地方。所以我现在一心想要找的就是那个能通往矮子精王国的地下洞穴的神秘入口。”

“哦，这是个好办法。”贝翠疑惑地说，“可是我认为，就算是你找到了那里，估计矮子精国王也会把你变成他的俘虏。”

“你多虑了。”邋遢人说，“你忘记了，我身上有块‘爱的磁铁’。”

“那能做什么？”贝翠问道。

“即使是世界上再蛮横的人，只要看到这块磁铁，也会深深地爱上我，并且会听命于我，服从于我。”

“那块磁铁这样神奇吗？”贝翠向往地问。

“对啊，很神奇，”邋遢人肯定地说，“你难道不想看看吗？”

“想啊，特别想，你能给我看看吗？”贝翠期待地问。

邋遢人于是在他肩上那只破布包里摸来摸去，找了半天，他拿出一块银色的马蹄铁一样的磁铁。

看到这块磁铁，贝翠更加喜欢邋遢人了，驴子汉克看到了那块磁铁，也走过来，用他那长着长耳朵的大脑袋，在邋遢人的腿上蹭来蹭去。

可是正在此时，宫廷花匠再次出现，他愤恨地说：“你们这群不速之客，通通都要被定罪，你们如果不想死，就马上给我离开这里。”

贝翠真的很害怕，可是邋遢人却从容不迫地拿着磁铁在花匠面前晃动了几下。花匠看到磁铁之后，一反常态，奔到邋遢人的脚下，抱着邋遢人的腿，谄媚地说：“啊，你是我见过的最最可爱的人，你的一切都让我拜倒，你身上每一根绒毛和每一个布片，都让我有亲切感，所以，我要保护你，请你一定马上离开这儿。”

“我没打算离开。”邋遢人说。

“可是，待在这里，你是一定会死的，这里的法律是不允许你到这里来的。”花匠说着，竟然掉下眼泪，“我真的不想让你为难，我对你说这话的时候，心里特别难过，但是我们的法律就是这样规定的，任何外人进入暖房都要被处死。”

“可是到底是谁规定的法律？你们的国王吗？我到现在还没看见一个其他人出现。”贝翠说。

“是的，”邋遢人说，“你们的国王呢？他在哪里？”

“好吧，既然你们一再询问，我就告诉你们，”花匠面露难色，但是仍然接着说，“我们这里现在没有国王了，但是我们以前的国王都产生在玫瑰花丛中，我们上一期的国王刚刚枯萎凋谢了。我正在为他培植新的枝条，所以，到现在我们还没有一个真正的国王出现。”

“你是怎么知道这一切的？”贝翠好奇地问。

“这很简单，”花匠说，“我是宫廷御用花匠，这些玫瑰花中有许多高贵的王族正在成长，但是他们还没有成熟到可以采摘的地步。所以，在那些王族玫瑰没有成熟的时刻，我只有暂时统治这里的一切，而且我也一定要秉公执法，监督法律的执行。所以，就算我再喜欢邋遢人，我也得按照法律的规定处死你们。”

“请稍等一下。”贝翠说，“那么，在死之前，我有一个请求，可以吗？”

“你说吧。”花匠略显豁达地说。

“我可以参观一下这座玫瑰王国吗？要知道，我对这里充满了好奇。”

“哦，这么巧，我也是。花匠，带我们四处看看吧。”邋遢人也附和着。

“不可以。”花匠坚决反对，邋遢人无奈只得再一次从包里摸出银色磁铁，花匠瞧见了磁铁，就不再坚持自己的意见了。

他顺从地带着邋遢人、贝翠和汉克来到了花房的另一头，这里有一个小门，花匠恭敬地打开小门，一行人依次走了进去。

原来这才是玫瑰王国真正的花园。花园被一道高高的树篱保护着，这里的玫瑰花都非常高大强壮，每片叶子都像是天鹅绒做成的。花匠介绍说，这里是玫瑰花的王族成员。但是由于还没到成熟的季节，所以他们外表都被一层绿色的膜包裹着，虽然强壮却没有生机，大大的眼睛呆呆地注视着前面，看起来很麻木。

贝翠吃惊地看着这些玫瑰王族。她在花丛里走来走去，看到的都是绿蒙蒙的玫瑰，正在她觉得乏味的时候，忽然眼前出现一朵圣洁的白色的玫瑰，她绽放得那样娇美和纯洁。“这一定是玫瑰公主！”贝翠心里想着，嘴里发出了惊叹声，的确，这朵玫瑰实在是太漂亮、太醒目了。

“啊哈，她肯定是成熟了！”贝翠欢呼着，然后她拨开面前那堆绿绿的叶片，想要更清楚地欣赏这位纯洁可人的公主。

“是，你说得对，她或许是成熟了。”花匠赶忙来到小女孩的身边，“可是，一个公主是没法统治玫瑰王国的。”

“是啊，是啊，怎么可能让一个女孩统治我们！”贝翠这才发现，原来花房里那些玫瑰现在都挤在小门旁，窃窃私语着。

“你们看见了吧，”花匠说，“玫瑰王国的所有人都希望有一个国王，但是他们都不会拥护一个小姑娘当统治者的。”

“对，国王，请给我们一个国王。”所有的玫瑰花都叫嚷起来。

“怎么？她不是正统的王族吗？”邋遢人问。

“不，她当然是，长在这里的都是王族，她是我们美丽的奥兹玛公主，你们可能不知道，她是奥兹玛的远房亲戚，如果她是个男孩，我一定会让他成为这里的统治者。”

花匠说完，就去对玫瑰王国的臣民们讲话去了。

贝翠走到邋遢人身边，耳语道：“邋遢人，我们应该把公主摘下来，这样对我们应该是件好事。”

“说得对，小姑娘，如果她是奥兹玛的表妹，还是这里的王族，我们把她摘下来，她会帮助我们的。至少不会放逐、杀害我们。”

于是邋遢人和贝翠来到了白玫瑰公主的身边，他们每个人拉着奥兹玛公主的一只手，轻轻一拉，奥兹玛公主自己的小脚轻轻一扭，就离开了那条孕育她的枝条。现在，她迈着优雅的步子来到了大家的面前，对着邋遢人和贝翠深深鞠躬，并甜甜地笑着向他们致谢。

听到这边的声音，花匠和玫瑰臣民们一起看着这边，发出惊呼，这声音里全是埋怨和愤怒。

“愚蠢的家伙，你们都做了些什么啊！”

“你们这些俗不可耐的人，你们太无耻了。”

……

“哈哈，我们这不是帮助你们采摘了一个公主吗？怎么还不感谢我们！”贝翠开心地笑道。

“可我们现在需要的是一个国王，而不是什么公主！”一朵杰克玫瑰恼怒地喊道。

“对，一个女孩怎么可能统治好一个国家！”另一朵玫瑰用揶揄的口气低声说。

这些对话让这位圣洁的公主着实吃惊，她打量着这些对她不屑和轻视的玫瑰臣民，清秀的脸上出现了伤心和无奈的表情。

“我亲爱的臣民们，难道我不是王族玫瑰吗？”她的声音清丽温柔，“难道我不是被采摘下来，成为你们的女王的吗？”

“你可不是我们采摘下来的，你是那些愚蠢的凡人采摘下来的，所以我们不会承认你的。”苔藓玫瑰冷冷的语气仿佛要把空间冻结。

“花匠，快把她跟这些俗人一起赶出去，我一刻也受不了了。”香水玫瑰气急败坏地说。

“大家都安静一下，”邋遢人手里高高举着“爱的磁铁”，大声喊道，然后他转向奥兹玛公主，恭敬地说，“尊贵的公主，这个磁铁会对你有帮助的，你拿着它，然后让你的臣民们看到它。”

奥兹玛公主把磁铁接过来，并且把它举到这些玫瑰臣民的眼前，可是这些花根本无视这块银色的马蹄铁，全都傲慢地看着它，完全没有反应。

“啊，天啊，这是怎么回事？”邋遢人非常不明白，从来没有发生过这样的事，无论是谁，看见“爱的磁铁”都会被感动，但是眼前这景象是怎么回事呢？

“哦，我知道了，这些玫瑰花是没有心的，所以她们不会被打动！”贝翠聪明地想到这一点。

“对，是这样的，它们看起来虽然跟人没什么区别，可是它们长在玫瑰枝上，那条茎上面除了刺什么都没有。”花匠赞同地说。

奥兹玛公主听了，神情更加黯淡了，她叹了一口气，无奈地垂下高贵的头。

“花匠，你听不到吗？赶快把这群愚蠢的人赶出去，还有这个看起来很自大的什么公主。”所有玫瑰臣民叫嚷着，“等到任何一个男子成熟了，就把他采摘下来，成为我们的国王。”

“只能这样了！”花匠转向邋遢人，带着歉意说，“对不住了，邋遢人，我不得不为这些玫瑰臣民考虑，所以现在请你带着这些人，包括奥兹玛公主，你们赶紧离开这里吧，一刻也不要再停留了。”

“可是，难道你忘记对我的热爱了吗？”邋遢人说着漫不经心地掏出磁铁，拿在手里，左看右看，然后用眼睛瞥着花匠，花匠也正在看着磁铁。

“我当然没有忘记，我还是那样喜欢你，”花匠眼神里透露着虔诚，“可是男子汉是不会被感情左右理智的，我的职责就是要把你们赶出去，所以，不管我多么爱你，你们现在都得立马走人。”

说着，花匠举起他的铲子，直接向着这群人扎过来，他的速度之快，让贝翠吃惊地躲避。汉克可不害怕这么一把小花铲子，他抬起他的前蹄，照着花匠的头踢过来，花匠吃过这蹄子的亏，所以这次顺势倒在地上，躲过了这一蹄。

玫瑰王国的臣民都拥过来，把这群人团团围住。这时候人们才发现，原来这些玫瑰花的叶子底下，都是尖利无比的刺，这些刺可是比汉克的蹄子还厉害。无论是谁，就是花匠自己也不敢去碰触那些可怕的刺。所以，贝翠一行人都渐渐地被逼迫着走向了小门，又被逼迫着从小门里走进玻璃花房，现在他们已经来到花房门口，最后他们都被赶出了花房，离开了玫瑰王国。

奥兹玛公主泪流满面，她哭得很伤心，贝翠很愤懑，汉克也不满地放声大叫，只有邋遢人轻松地吹着口哨。

玫瑰王国与世隔绝，他们有一道天然防护，就是一道深深的裂沟，不过有一座吊桥可以搭在上面，当没人想出去的时候，吊桥就会被收起来。现在吊桥放下来了，花匠是想让这些外来人和奥兹玛公主顺着这座吊桥走出玫瑰王国。贝翠他们四个走上了吊桥，来到了裂沟的另一边，吊桥很快收回去了，花匠回到了玻璃花房。

现在这四个人在荒无人烟的空旷、贫瘠的土地上徘徊着。他们没有一点方向，就这样向前走着。

邋遢人走在队伍的前面，他说：“我无所谓的，反正我出来的目的就是寻找我失踪的小兄弟，走到哪里都一样。”

“那么，邋遢人，请允许我和汉克跟你一起寻找你的小兄弟吧，反正我们现在也不知道自己要去哪里。”贝翠忽然来了兴致，“而且，我觉得跟着你，即便是去冒险，也肯定会很有意思的。我们也不愿意回家，待着实在无趣，你说呢？汉克。”

“唏——嚎！”汉克回应着，声音里也都是兴奋。

“那么，请你们也带着我一起去吧，”玫瑰公主温柔的声音响起，“我是被他们驱赶的公主，再也回不去了，我也愿意帮助邋遢人寻找他的小兄弟。”

“伙伴们，这真是太好了，我们的队伍在壮大。”邋遢人开心地说，“可是我们首先得找到金属大王拉格多的地下洞穴，这样才可能找到我的小兄弟。”

“我们没法知道那是哪里吗？”贝翠问。

“我想，在这个世上肯定是有谁知道的。”邋遢人说，“但是我们几个却都不知道那可恶的地穴在哪里，所以我们只能慢慢地找，直到有一天找到为止。”

“是啊，我们自己去找吧，靠自己是最可靠的事情了。”贝翠说。

“是的，我想只有在魔法记事簿上写这个故事的人知道，但是我们都不知道魔法记事簿的作者是谁。”邋遢人说，“现在我们的情况就是，不走下去，我们能留在这里做什么呢？我们甚至连点吃的东西都找不到，所以，我们还是顺着这条小路走下去吧，看它能把我们带到哪里去。”

第七章
七彩姑娘的可怜处境

我们人间的雨是因为天上雨王的盆子装不下水了，所以水就溢出来了，成为我们某个地方的雨。有时候水太多了，溢出来的多，就成了大暴雨。当盆子里没有多余的水时，雨就停了，然后阳光普照大地，那时候就出现一道七彩虹霓。

雨后的彩虹总是让人开心，地球上的人们看见彩虹，觉得那是幸运的标志。但是彩虹却总是那么遥不可及，没人看见彩虹的一端接近地面，它总是远远地绚烂着，可望而不可即。所以，没人知道其实彩虹上彩虹的女儿们每天都在翩然起舞。

现在雨王的盆子倾斜了一下，一片贫瘠的土地上来了一场暴风雨，雨后美丽的彩虹如约而至，彩虹的女儿在美丽的虹霓上跳着舞，摇曳生姿。领舞的是七彩姑娘，她舞姿优美，身姿绰约，没人能与她相比。

七彩跳得非常投入，也非常专心，她在舞蹈中找到了生命的价值和意义。现在她边跳边从彩虹桥的中间滑到了彩虹桥的尾端，她的姐妹们也都

跟着她迈着优美的脚步走到了桥尾，但是彩虹的女儿们知道这里很危险，所以就又慢慢地回到了桥的中间。可是七彩跳得太忘情，她竟然来到了地面上。在贫瘠的土地上，她仍然忘我地跳着，她忘了周围的一切，只是沉浸在舞蹈中，她的双脚站在了湿漉漉的土地上，她浑然不觉得有什么不一样。

可是就在她开心地跳着的时候，彩虹却已经升上去了，回到了天空里，隐藏在白云深处。七彩看着彩虹消失在她的面前却无能为力，现在她一个人孤单地站在一块丑陋的岩石上，脚下是微微润湿的石头表面。她的裙带随风飘摇，纱裙也飞起来，头发也飞扬着，就像一个失落人间的天使，她太美了，可是却那么无助，现在没有谁能够帮助她回到那彩虹之上了。

“老天，”她低呼着，一丝无助爬上了优美的面庞，她看起来忧心忡忡，“怎么会这样，我又一次从彩虹上跳下来，然后再次被遗忘在这里。现在姐姐们在天宫里开心快乐地生活，而我却在这荒芜的土地上不知所往。上一次我还去了一个那么美丽的地方，可是这次，我想我没那么幸运了，这里是那么的偏僻、荒凉，在彩虹重新把我接回天上的这段时间，我能做些什么呢？我该怎么度过这段时间呢？”

七彩无奈地整理了一下衣服。风停了，阳光也把岩石晒得暖暖的，湿润的石块也变干了，她躺在了岩石上，把自己蜷成虾米，头和膝盖碰在一起。

当贝翠·鲍宾发现七彩的时候，七彩就这样蜷曲在岩石上。贝翠走在队伍的前面，汉克和邋遢人、玫瑰公主奥兹玛跟在贝翠的后面。贝翠最先看到岩石上的七彩，她叫起来：“快来看啊，这是多么美丽的姑娘！”

她的叫声惊动了七彩，她抬起头，在阳光的照射下，她金灿灿的头发闪着光泽，粉红的面庞也熠熠生辉，碧蓝的眼睛里还有未干的泪水。

“美丽又有什么用，你们都不知道我有多么的不幸！”她哽咽着，对着贝翠一行人哭诉着。

大家都认真地看着这个美丽的姑娘。

“亲爱的，你看起来是那么光彩夺目，到底是什么能让一个如此漂亮的姑娘哭成这样？”玫瑰公主奥兹玛温柔地说。

“我——我弄丢了我的虹！”七彩抽搭着说。

“那么，请从此把我带在身边吧。”邋遢人接口说，语气是那么虔诚。因为他认为“虹”就是情人。

“那怎么行，”七彩看都不看邋遢人，拒绝道，“我只要我的七彩虹。”

“啊，那是我理解错了，”邋遢人说，“不要哭了，我小的时候也曾经特别希望我能得到彩虹，但是那是不可能的，你也是一样，无论怎样，七彩虹都是属于天宫的。”

“走开，我讨厌你。”七彩有点气恼地说。

“你说的是真的吗？”邋遢人一边说着，一边从口袋里摸索出“爱的磁铁”，并在七彩眼前晃动着。

“当然不是真的，好吧，我承认，我爱你，邋遢人。”七彩一边看着那银光闪闪的磁铁，一边喃喃地说道。

“我就知道你会爱我的，”邋遢人非常淡定地说，“可是这只能说是‘爱的磁铁’的作用，跟我一点关系都没有。不过，看见你这样孤独无助，我

心里也很难过，不如你跟我们一起走吧，把你丢在这里，我们也不放心。”

“那你们这是要去哪里啊？”七彩疑惑地问。

“就连我们自己都还不清楚。”贝翠说着，拉起七彩洁白柔软的小手，“我们现在做的事就是寻找邋遢人失踪多年的小兄弟，他可能被金属大王拉格多抓走了，你可以跟我们一起去寻找吗？”

七彩姑娘从贝翠开始，一个个看着这些她将来的同伴，突然她莞尔一笑，脸上绽放出最美的光彩：“你看你们，一头驴子，一个普通的小女孩，一位娇滴滴的公主，还有一个极其邋遢的人！你们这样的队伍，也想去和拉格多去抗争吗？你们确定不需要更多的帮助吗？”

“难道你认识拉格多吗？”贝翠问道。

“事实上，不认识，金属大王的洞穴都是在地下，彩虹是到达不了那里的。不过对于这位拉格多，我确实有耳闻，他也叫矮子精国王，他年轻的时候就给很多人和神带来了很多烦恼。”七彩说。

“那就连你也为此烦恼吗？”玫瑰公主问道。

“那怎么可能，没人能伤害得了彩虹的女儿，”七彩自信地说，“因为我是从天上下凡的仙女。”

“那太好了，”贝翠急切地说，“你一定知道去往拉格多山洞的路，你能告诉我们吗？”

“这个，我还真不知道。”七彩诚恳地说，“不过，我愿意跟你们一起去寻找，我想跟着你们总比在这块岩石等待彩虹来接我要好得多。”

七彩的加入令这一行人都非常的兴奋，他们心中都对这个彩虹的女儿充满了好感。邋遢人在前面带路，他们沿着一条稍微平坦些的小路向前走去，大家都很开心。七彩重新恢复了自己的活力，在队伍前面跳跃着，时不时跳上一段舞蹈，来消除大家的疲惫，现在她的脸上都是笑容。邋遢人紧跟其后，还要偶尔照顾一下他身后的玫瑰公主。接下来是贝翠和汉克，贝翠很轻松，因为她若是累了，还可以坐在汉克的背上，要知道，驴子是不知道赶路的累的。

黄昏的时候，他们来到了小溪旁，小溪旁的大树下，他们搭起了简单的帐篷，准备在这里宿营一晚。一切都准备好了之后，他们开始四处寻找可以吃的东西，他们费了许多时间才找到一些野果。不过这对于一天没有吃东西的旅人来说，简直就是十分丰盛的晚餐了，贝翠、汉克和邋遢人都觉得很知足。

不过贝翠对一件事表示惊讶，因为她发现玫瑰公主竟然也跟她一样吃起野果来。她觉得她是不需要凡间食物的，七彩却告诉她，玫瑰公主离开玫瑰王国就不再是仙女了，只是一个普通的人。但是七彩却是真正的仙女，她不吃人间的任何东西，她只需要在清晨找上几片树叶，吮吸上面的露珠，就可以精神一整天了。

一群人还是毫无目的地前进，现在方向对他们来说并不重要，因为在这块荒芜的土地上，即便是一直向前，也会迷路的。邋遢人的判断是要一直朝着大山的方向走，因为他感觉金属大王拉格多的洞穴应该就在某座大山里一块平滑的岩石下。可是当大家环顾四周的时候，却发现到处都是大山，除了他们的来路，那是玫瑰王国和一片大海。他们不能返回来路，所以三面环山的处境，让他们觉得向哪个方向走都是一样的。

所以他们随便选了一个方向走过去，走了一会儿，他们发现在一色的土地上出现了一点淡淡的小路的痕迹，他们为这一发现欣喜若狂，于是就顺着这条小路走下去。过了一会儿，他们便来到了一处交叉口。这里有好多条小路向各个方向延伸，虽然有一块指示牌，但是上面已经没了字的痕迹。在交叉口旁，有一口井，是一口辘轳井，除此之外，再没有其他标志。

大家在交叉口站住，想要商量一下走哪条路，驴子汉克直接走向那口井，他一定是口渴了。他把头探进去，想看个究竟。

“哦，那是一口枯井，一定是好多年前就已经没水了。”邋遢人判断着，“可是这些方向，我们总该选出一个来前进。”

可是大家谁都不知道该向哪个方向走。于是大家围成圈坐下来，想商议一下接下来往哪里走。但汉克还是围着那口井不肯离开，后来他干脆用后腿站立，把头伸向井边，清脆地嘶鸣着。他的行为让贝翠有点吃惊。

“他是不是看到了什么？”贝翠自言自语地说。

邋遢人赶紧走过去，他也想知道井里是不是有什么，贝翠也跟着邋遢人走了过去，而玫瑰公主和七彩，她们可不关心一头驴子看见了什么，现在她们正手拉手研究哪条小路能够到达她们的目的地。

“或许，”邋遢人说，“这口老井底下还真有什么东西呢！”

“那我们何不用辘轳把它拉上来看个究竟呢！”贝翠好奇地说。

他们走近了，才发现那辘轳井根本就没有水桶之类的，只不过是在绳索的一端拴着一个铁钩。邋遢人只好把铁钩放下去，然后让铁钩在井底拖曳一圈，他把铁钩拉上来，钩子上挂了一件很古老的带着裙环的女裙。贝翠见状大笑起来，她觉得太可笑了。可是汉克被这件裙子吓坏了，他跑出去很远，连看都不敢看这件古老的裙子。

于是邋遢人继续拉着钩子，每次拉出来的都是旧东西，没什么吸引人的。

“看来，这口井长年累月地被扔进垃圾，成了垃圾桶了。”邋遢人说着，又将钩子扔了下去，“估计里面已经没有什么了，因为这是个废弃的垃圾桶。”

忽然，邋遢人喊了一声：“贝翠，过来，帮我一下，我似乎又钩到什么了，可是它似乎很大、很沉重。”

贝翠赶紧跑过去帮助邋遢人，他们费了好大劲，才把那些沉重的东西拉出来。贝翠看过去，发现那是一堆铜。

“哦，老天，”邋遢人情不自禁地感叹着，“这是什么？太神奇了。”

“这是一堆废铜烂铁吗？”贝翠帮助邋遢人使劲握住辘轳的把手。

邋遢人现在腾出手来，抱起一堆铜，并把它们放在空地上，然后

用脚整理着。结果，大家惊奇地发现，这原来是个铜人。

“果然不是一般的铜器！”邋遢人说，“不过，这世界上难道有两个铜人吗？这真的太匪夷所思了。”

“你们有什么重大发现吗？”七彩和玫瑰公主也都跑过来，饶有兴趣地问。

“是啊，我们找到了一个铜人，我觉得他或许是朋友。”邋遢人思考着。

“看啊，他背上是有标牌的。”贝翠为这个新发现激动不已，她已经把这个铜人周身仔仔细细看了个遍，“可是，这个名字简直太搞笑了，你们听着啊。”

贝翠蹲下来，仔细辨认着，读出标牌上的字：

专利所属：史密斯·廷克公司
双重效能、高灵敏度、具备创造性思维和流利口才的机器人
由本公司特制的发条装配而成
有智慧、会说话、可做任何事情，除了没有生命
由埃夫国埃夫那的店独家制造
侵权必究

“太神奇了，不是吗？”玫瑰公主奥兹玛叫道。

“是，我也觉得是，我还没读完。”贝翠说着，把铜牌翻到另一面。上面写着：

使用说明
智慧功能——上紧机器人左臂下的发条（标记 1）
说话功能——上紧机器人右臂下的发条（标记 2）
走路和行动功能——上紧机器人后背中间的发条（标记 3）
注意：该装备可使用一千年

“天啊，他竟然能使用一千年那么久！”七彩惊讶地说，“那他现在肯定还在保质期内。”

“这个肯定啊。”邋遢人接着说道，“现在我们可以试着去上好他的发条。”

可是他们没法为一个躺着的铜人上发条，于是大家决定把铜人抬起来，让他保持站立的姿势。这实在不是一件容易的事，邋遢人一个人总也放不好，铜人总是倒下来，于是贝翠她们就都帮忙扶起铜人，这下他终于站稳了，毕竟他的脚足够宽大。

“终于站稳了，让我仔细看看，”邋遢人说，“这真是我的老朋友滴答人，我本来把他留在奥兹国了，怎么现在竟然在这里出现，还掉进了枯井？这其中一定有不为人知的秘密。”

“那现在让我们给他上足发条，语言发条在哪里呢？他一定会给我说明这一切。”贝翠仔细观察滴答人身上的机关，“喏，这有把钥匙，我们是要上哪一个发条呢？”

“我觉得应该是智慧发条，”七彩思考着说，“因为只有思考他才能知道怎么回答我们的问题。”

贝翠听了，就拿着钥匙把他左臂下的发条上紧了，滴答人的头顶马上就有光闪闪的圆环在转动，这说明他在思考。

“现在快上紧他的说话发条吧，即便他再能思考，不能讲话也是说不出来的。”邋遢人建议着。

贝翠赶忙找到他右臂下的发条，并把它上满，铜人的身体里发出了不太清楚的说话声：“谢——谢你们！”

“太好了！”邋遢人拍手叫好，滴答人终于能说话了，他很开心，于是用他的大手在滴答人肩膀上狠狠地拍了几下，滴答人完全禁不住他这力度，直接倒在地上。智慧发条已经上满的铜人此时嘴里一个劲地在喊：“起来，让我起来，拉我起来，快点，快！”大家又手忙脚乱地把铜人拉起来，费了半天劲儿，铜人站稳后，礼貌地对大家道谢。

“太费事了，贝翠，赶紧把他的行动发条上满，这样他自己就能活动自

如了。也省得我们总扶他，太费力了。”

贝翠赶紧把行动发条上紧，虽然钥匙转动起来很费劲，但是贝翠很努力地完成了。现在滴答铜人能够自己走路了，虽然刚开始的几步看起来很摇摆不定，但是很快就找到了平衡，现在他跟常人没什么区别了。他走过来，对着大家深深鞠躬致谢。

“我不是把你留在奥兹仙境了吗？你怎么还跑到这个枯井里来了？而且还失去了活动能力，这到底都是怎么回事？”邋遢人追问着。

“别提了，这事说来就话长了。”滴答人说，“长话短说吧，自从你决定去找你失踪的兄弟，奥兹玛公主就已经从魔法地图上看到你的行踪，知道你历经了很多弯路，所以她派我来帮助你。奥兹玛公主也从魔法地图上看到了矮子精国王的洞穴，那洞穴里真的有你的小兄弟，所以格琳达女巫把我送到了这里。可倒霉的是，我一到这里就遇到了矮子精国王——拉格多，矮子精知道我来这里的目的，所以他生气地把我扔进了这口枯井。等我发条完全松下来之后，我就什么都做不了，只能等待救援。所以非常感谢你们能从这里面把我拉出来。”

“你是来帮我的吗？那太好了，我就知道我的小兄弟被矮子精国王俘虏了。那么现在，你一定知道矮子精国王地穴的所在了吧？我们怎么才能到达那里呢？”邋遢人说。

“我们只有走着才能到达那里。”滴答人说，“虽然，我们还可以滚着、跳着、爬着，但是走着去是最好的选择。”

“是的，这个我们都知道。我想知道矮子精国王的地洞在哪里，你快带我们去吧。”邋遢人有点心急。

“唉，你不知道我是人造的吗？这一点我是没法回答你的。”滴答人说道。

“地下洞穴的通道肯定不止一个，老奸巨猾的矮子精国王会想尽办法去隐蔽自己的洞穴。”七彩推测道，“所以，我们就算能够找到地穴入口，那也是拼运气的事。”

“是啊。”贝翠说，“那么现在，我们应该选择哪条路呢？不然我们随便选择一条吧，看看这条路能把我们带到哪里去。”

“这个主意听起来还不错，”玫瑰公主奥兹玛说，“这样，我们有可能会在寻找拉格多洞穴这件事上浪费一些时间，但是现在想想，我们除了时间也没有什么其他的可以浪费了。”

“是啊。我想，如果你们能一直记得及时给我上发条，”滴答人说，“我想，我工作一千年也没问题。”

“那么好了。”邋遢人说，“我们现在只要搞清楚走哪一条路就可以了。”邋遢人说完，张望着一条条纵横交错的小路，他还是决定不了。

正当他们徘徊的时候，他们耳边响起了部队行军的脚步声。

“好像什么人过来了。”贝翠大声说着，顺着其中的一条小路望过去，“啊，是一支军队，我们现在该怎么办啊，要躲起来吗？还是马上逃跑？”

“大家都别害怕，”邋遢人说，“或许这不是什么坏事。如果这支军队非常友好，那么，我们可能会得到帮助，也许是友非敌呢？就算不是，我还有‘爱的磁铁’可以给他们看看。”

第八章

滴答人接受艰巨的任务

乌盖布的军队正走过邋遢人他们站着的岩石，贝翠发现，这群军队里的人，脸上都挂满愁容，而且不时地发出呻吟，那是因为不时有尖利的石块扎到他们的脚，或者他们的手肘不小心碰到身边人的剑鞘。

但是这支队伍的末尾走着一个与众不同的士兵，他气宇轩昂，神采奕奕，扛着一面乌盖布的旗帜，旗帜在一根长长的竹竿上，迎着风烈烈飘动着。他们来到枯井旁边，士兵把旗帜插在枯井前的空地上，然后高声叫道："现在乌盖布女王来到了这里，所有的人都听着，我们的女王安·索福思宣告，你们现在都是乌盖布的奴隶，我们征服了你们。"

这时候队伍里的军官从树丛里露出脑袋问："书夹乔士兵，海边没有危险吗？"

"这不是什么海边，这只是一口枯井。"书夹乔士兵回答。

"一口井？我希望里面有水。"蛋卷将军一定是渴了，他鼓励着自己向那口井走去，但是他忽然看到了邋遢人和滴答人，扑通一声，他吓得跪下

了，浑身颤抖着，大声喊道：“啊，善良的人啊，请你们不要发怒，原谅我们的侵犯，我愿意永远当你们的奴隶！”

剩下的军官见状，也都在空地上跪下来，向邋遢人和滴答人乞求着。

书夹乔士兵还不知道是怎么回事，等他发现的时候，他走过来，打量着这群人。他发现这群人中有三位女士，于是摘下了脑袋上的帽子，礼貌而绅士地鞠了一躬。

“发生了什么事？”安女王严厉的声音传过来，她一边走，一边发现了她跪在那里的全部军官。

“尊贵的女王，是这么回事，”邋遢人彬彬有礼地走上前去，“请允许我给你做一下介绍。这位是滴答铜人，但是他却能比正常人还要能干；这位是玫瑰王国的公主奥兹玛，她成熟的时候就被那里的玫瑰臣民驱逐了；这位美丽可人的姑娘是彩虹的女儿，她的名字叫七彩，她从彩虹上掉了下来，现在回不了家了；这位是贝翠·鲍宾，她从一个特别贫瘠荒芜的地方来到这里，那个地方叫俄克拉荷马；这位驴子是汉克先生，他脾气有点急，但是对朋友却很忠诚。”

“哦哟，”安扫视了一下这群人，用不屑的语气说，“据我观察，你们不过就是一群流浪汉，一群漂泊无依找不到家的流亡者，你们根本就不用我费力去征服，在我眼里，我觉得你们已经都是我的奴隶了。”

“可我们并没有向你臣服。”贝翠不满地吼道。

“是，目前看来是这样，”书夹乔说，“但是这是很简单的事，只要我的女王下命令，征服你们不过是举手之劳，所以，我们根本不用争论到底是谁臣服，倒不妨静下心来认真交谈一下。”

说这番话的时候，那些军官都已经看出了端倪。他们发现这些流浪者并不可怕，而且还很友善，所以他们陆续站起来，拍了拍膝盖上的土，然后鼓起勇气，直视着邋遢人他们，还摆出一副轻蔑高傲的样子来。

“有一件事你们必须清楚，”安女王不可一世地说，“我是乌盖布的统治者，我的这支军队也是攻无不克、战无不胜的。现在我们正在进行着我们的光辉伟业，那就是征服世界。你们看起来是世界的一部分，而且我觉得你们正在妨碍我们，所以我有必要征服你们，来扫清我征服世界的障碍。”

“说得好！”邋遢人说，“你随时可以想要征服我们，打扫你征服世界的阻碍。”

“但是，我们不可能成为任何一个人的奴隶，这一点你也必须知道！”贝翠这时候非常肯定地说。

“你们的抵抗没有任何意义，”安女王厉声呵道，“书夹乔，听令，把这些不安分的乱臣给我绑起来。”

可是书夹乔左右看了几次，他看着可爱的贝翠、美丽迷人的玫瑰公主和柔美优雅的七彩姑娘，拒绝了女王的命令。

“陛下，你这样做，简直太鲁莽了，我做不到！”书夹乔果断地说。

“你敢违背我的命令吗？”安已经失去了控制力，大吼道，“军人的天职就是服从命令，你不知道这一点吗？”

“我应该直接服从我的上级的命令，可是至今为止，他们并没有给我下过命令。”书夹乔还在争辩着。

“书夹乔，我命令你去把这些奴隶绑起来，快去！”所有的将军一起吼道。然后上校、少校和上尉们依次重复了这道命令。

这些人的怪声吼叫惹恼了汉克，汉克的驴脾气上来了，他用眼睛瞥了一眼乌盖布这支队伍，然后不声不响地将屁股转向这十几位军官，抬起他让人望而生畏的后腿，狠命地向着这些人踢去。所有人都没有防备汉克会来这一手，所有的军官都人仰马翻了，他们野兽一样号叫着，并躺在地上来回翻滚着，剑也扔了，然后迅速逃离了这里，想要到树林里躲避一下。

这支刚刚还颐指气使的军队，此刻竟然如此丑态百出，笑得七彩和贝翠还有玫瑰公主直不起腰来，七彩高兴起来，还跳着舞。安女王看到这一场面，真是气得快爆炸了，她双手叉着腰，气急败坏地喊道："士兵书夹乔，你是死的吗？赶快履行你的职责！"

她一边叫着，一边趴下来，因为驴子汉克的蹄子已经朝着她来了，汉克不管她是不是女人，只知道他讨厌她，所以他毫不犹豫地抬起了蹄子。贝翠看到汉克马上要闯大祸，及时拉住了他的鬃毛，汉克疼得停了下来。那些屁滚尿流的军官看到后，连忙跑回来，捡起自己的剑，战战兢兢地站在一旁。

"书夹乔，我命令你，赶紧把这些刁民抓起来。"安女王歇斯底里地叫着。

"决不！"书夹乔说着，将肩上的背包卸下来扔掉，把枪也放在地上，"我宣布，我退出乌盖布的军队。我当时同意你成为一名士兵，是为了能在战场上跟敌人真刀实枪地作战，而不是去捆绑手无寸铁的姑娘，如果你想让我这样成为英雄，那还是算了吧。"

说完这些，书夹乔来到邋遢人他们这边，与邋遢人和滴答人握手问好。

"你这是叛徒的行为！"安恼羞成怒地喊道，其他的军官们也都喊叫着。

"不要乱安罪名，"书夹乔说，"我要不要当一名你的士兵，是我权利范围内的事。"

"你根本没有任何权利，"安斥责他说，"你的叛变会让我的军队变得混乱，那样我就完不成征服世界的计划了！"她说完就转向她的军官们，说道："你们必须帮我一个忙，现在是军队的生死存亡之际，我知道军官是不应该

自己出去迎战的，但是如果你们的手下犯了错误，就应该得到惩罚，现在你们应该去把书夹乔抓回来，不然，我们就谁都得不到自己想要的战利品，并且你们还可能会被冻死或者饿死，再或许，遇到强大的敌人的时候，你们也会被抓走，成为别人的奴隶。”

听了安女王的这番挑唆，军官们都被将要发生的事吓得变了脸色，于是他们一起拔出剑向书夹乔走过去，他们的样子看起来真的很可怕。安女王得意扬扬地看着这一场景，她想，过不了一会儿，书夹乔就得向她请罪来了。但是，究竟发生了什么？她不敢相信自己的眼睛，只见一眨眼间，所有的军官都跪了下去，原来，邋遢人又掏出了他那块银光闪闪的磁铁，当这群人看见这块磁铁的时候，他们立刻就臣服了。就连安女王也是一样，她竟然扑过来，匍匐在邋遢人脚下，并且告诉他，她有多么爱慕他。

邋遢人没想到这块磁铁对乌盖布人竟然有这么大魔力，他稍微有点尴尬，挣脱了安的手臂，赶紧把这块磁铁塞进了口袋里。现在乌盖布的所有人都成了邋遢人这队人的好朋友，没有人再提征服世界的事情，也没人想要捆绑任何人。

“如果你们实在是想要征服什么人来证明自己的话，”邋遢人说，“你们可以跟我一起去征服矮子精国王。其实，征服就意味着全部，不只是地面上的，也要包含地下的，那就是金属大王拉格多。”

“拉格多是谁？”安有些好奇。

“他就是地下矮子精的国王，也是金属大王。”邋遢人说。

“那他一定很有钱吧？”长筒袜上校急切地追问。

“那当然了，”邋遢人说，“地下的所有金属——金、银、铜、黄铜还有锡，都是他的，而且他认为地上的金属也归他所有，因为他曾经说过，这世界上，所有的金属都是他的私人财产。所以我觉得征服了矮子精国王，就会得到全世界的财富。”

“啊，那简直太吸引人了！”苹果将军叫道，“陛下，我觉得那是我们必须征服的一个人，那样我们的战利品将是无法估算的。”

女王这时候正在注视着书夹乔，此刻他正坐在玫瑰公主的身旁，低声

对公主说着什么，而且看起来还很愉快的样子。安有些不快。

“是啊，多么诱人的条件啊，但是很可惜啊，我的军队已经完全没有战斗力了。虽然军队里不缺乏英勇的军官，但是没有一个士兵可以让他们去指挥，所以，我现在没有实力去征服拉格多，也没办法去拥有他的财富。”

“这就是我想知道的问题，你的军队都是军官，为什么不可以把他们其中一个人变成士兵呢？”邋遢人疑惑地说，“事实上，人得先成为士兵，然后才能成为军官啊。”

邋遢人的话遭到了军官们的集体反对，他们都摇头叹气，表示抗议。

安女王看到这里，叹着气说：“我何尝不这样想，但是一个优秀的士兵必须要勇敢，我的这些将军都胆小如鼠，他们做不到面对战争还平静坦然。”

“陛下，你这样说，我必须为自己争辩几句了，”李子上校有点激动，“每个人的勇敢都是通过不同的方式表达出来的，比如说我，如果不让我去参加战争，我会像一只雄狮一样勇敢。我不是害怕战争，我是讨厌战争，战争是多么残酷的事情啊，有人胜利就有人失败，有人活着就有人死亡。太可怕了，真正的勇士是不用作战的。”

“是的，说得好，我也是这样！”其他军官异口同声地说。

“唉，现在，你应该知道了吧。”安对邋遢人感叹着，“如果书夹乔没有叛逃，我想他是一个最勇敢的士兵，如果他在，我就有勇气去征服拉格多，可是你看我现在的军队，就像一只没有翅膀的小鸟，什么都做不了。”

“亲爱的陛下，我必须声明，”书夹乔听到这里，插嘴道，“我不是一个叛徒，我只是跟你的命令发生了分歧，我不喜欢你让我去捆绑毫无反抗能力的美丽姑娘，而且你也可以选其他人代替我的位置。为什么不让邋遢人成为你的士兵呢？”

“他可不行，他会被伤害致死的，”安说着，还温情脉脉地看着邋遢人，“他是个凡人，他的生命很脆弱，如果他真的受伤，或者遇上意外，我不知道我该有多么难过。”

“哦，请不要这样想，我想我不至于那么脆弱！”邋遢人说，“亲爱的女王陛下，你一定能够看出来我的队伍是听我的指挥的，现在我们正在找寻我失踪多年的小兄弟，他被矮子精国王掳走了，所以我们并不是去征服也不是为了什么战利品，我们是去救人。但是我们愿意支持你的军队，只要你愿意去征服拉格多，帮我救出我的小兄弟，那么我承诺，所有的金银珠宝和战利品都归你们所有。”

这个说法太诱人了，所有乌盖布的军官们都动心了，他们窃窃私语着，他们都觉得这个计划简直太可行了。过了一会儿，奶酪上校首先开口说：“女王陛下，我们都同意邋遢人指挥官的建议，而且我们还选出了一个适合当士兵的人选，那个铜人最适合当士兵。”

“你们说的是我吗？”滴答人问道，“这可不行，我不想打仗，再说你们都不知道，是那个矮子精国王拉格多把我扔进这口枯井的，我不是他的对手。”

“那是因为你当时手里没有任何武器，比如说枪。”七彩这时候说，“但是你若是现在答应了做士兵，你就能够得到书夹乔的那把枪，那是支威力无比的武器。”

“还是不行，一个士兵必须是既勇敢又能持续作战的。”滴答人拒绝说，“可是你们知道的，我是靠发条活动的，万一我的发条松了，我就没法作战了，只能等待失败。”

“我可以跟在你的后面，保证你的发条不会松。”贝翠诚恳地说。

“哦，听起来还不错。”邋遢人接着说，“滴答人确实是个英勇善战的士兵，没有任何人能伤害得了他，除非他的发条松了，或者一把大型铁锤。如果一个军队真的需要一个士兵的话，那么我想除了滴答人便没什么别的人可以胜任了。”

“那我的任务是什么呢？”滴答人问道。

“你的任务就是听从调遣，”安说，“所有的军官和我的命令你都要服从，你能做到吗？”

“对，只要听话就足够了！”书夹乔说。

“那我有报酬吗？”滴答人问道。

“当然，你将会得到战利品的一部分。”安承诺着。

“这是个不错的主意，”书夹乔说，“战利品的一部分归女王，另一部分归军官，剩下的属于士兵。”

“听起来还不错，我比较满意。”滴答人说着，拿起书夹乔的枪，放在手里左看右看。他还是第一次看到这种新型武器。

然后安命令铜人背起以前书夹乔背着的背包。现在女王宣布：“我们马上准备出发去攻打矮子精国王拉格多的国家！指挥官，请下达命令吧。”

“准备集合！”将军们拔剑高声喊道。

“准备集合！”上校们拔剑高声喊道。

“准备集合！”少校们拔剑高声喊道。

“准备集合！”上尉们拔剑高声喊道。

滴答人看着他们，满脸不解。

“你们是要掉到哪里去？枯井里吗？”他问。原来铜人听错了他们的意思。

“哦不，不是掉下去，是集合，准备出发。”安说，“以后你要学会听命令。”

“难道我非得掉进枯井里才能出发吗？”铜人不明白。

“扛着枪，立正站好，准备出发。”书夹乔给铜人耐心地讲解，这次滴答人听明白了，他背着枪，站在那里，一动不动。

“然后呢，我该怎么做？”他问。

安女王满意地看着铜人，然后转过身去，问邋遢人：“我们要走哪条路呢？”

“亲爱的陛下，我也不清楚，这些路到底哪条通向矮子精王国呢？”邋遢人发愁地说。

“这也太不靠谱了。”安说，“我们连路都找不到，又说什么去征服呢？”

“我同意你的观点，”邋遢人说，“但是我并没有说到不了矮子精王国，只是现在我们还不能分辨哪条路离那里最近，你的优秀的军队不也是一样面对这样的问题吗？”

“好吧，那就抓紧时间找出最近的那条路，一刻都不要耽误！”安女王

又发脾气了。

但是大家都没有出声，因为这件事没人能给出确切的答案，小路那么多，朝向各个不同的方向，就像阳光一样，而且看不出每条小路有什么不同。

书夹乔和玫瑰公主很谈得来，他们现在已经是很好的朋友了，甚至可以无话不谈。他们漫步在一条小路上，看见路边长了几朵美丽的小野花。

书夹乔突发奇想地说："为什么不问问这些野花该走哪条路？玫瑰，你去问她们，她们应该告诉你。"

"野花？"玫瑰公主惊讶地问道，她从来没听说过这件事。

"是的，野花，我在一本书上看到玫瑰和野花是远方亲戚，她们肯定会告诉你的。你去试试看。"书夹乔说。

于是玫瑰走到那些野花近旁，她看到了洁白的雏菊、金灿灿的毛茛、圆润的风铃草和水嫩的水仙花，她们都特别稳当地长在结实的茎叶上，花丛里甚至还有些野玫瑰。玫瑰公主看到这些野玫瑰，最终鼓起勇气走上前去，她决定问一下这个当前最重要的问题。

她优雅地跪下来，然后慢慢地伸出她白皙的双手，对着这些美丽的花说："亲爱的堂姐妹们，你们能告诉我吗？"她温柔的声音让书夹乔感到温暖，"这里哪条路能够通向地下矮子精王国？"

话音刚落，所有的野花都将自己结实的茎转向了右边，然后花朵齐齐地点了几下。书夹乔数着是三下。

"好了，太好了！"书夹乔兴奋地说，"找到路了，谢谢你们。"

玫瑰公主奥兹玛吃惊地看着那些野花，现在她们又恢复到原来的样子，笔直地站立着。

"你觉得刚刚那是风吗？"她低声耳语问书夹乔。

"不，不是风，是你的堂姐妹在告诉你路在哪里。"书夹乔肯定地说，"而且我可以肯定地告诉你，现在外面一丝风都没有，刚刚的的确确是她们在回答你的问题，是你可爱的堂姐妹。"

第九章

拉格多鲁莽地大发脾气

这支队伍一直沿着野花所指的道路前进着，但是似乎这又不能称之为路，因为它实在是太难走了，也看不出一个确定的方向。但是确确实实有一座山出现了，尽管低矮，却给了这群人很大的希望，因为书夹乔肯定地说，那个最隐秘的矮子精王国的地穴入口，肯定在崇山峻岭中。

书夹乔不愧是饱读诗书，他还真是说对了，矮子精王国的地穴的确就在这矮山底下，而且这座山几乎都是岩石，在岩石中挖出的地洞一定可以容纳很多金属。我们可以想象矮子精国王那富丽堂皇的宫殿，那无数的奇珍异宝在灿烂发光，就连矮子精国王的宝座都是纯金打造的，矮子精国王穿着华贵，头戴红宝石王冠，那是一整块红宝石雕刻出来的王冠。

这么极尽奢华的宫殿的统治者就是拉格多，一个长着圆滚滚的身子的矮子，他有着长长的胡须、红红的脸庞、亮闪闪的小眼睛，而且经常蹙着眉毛。人们都以为拥有全世界最奢华的珠宝的他应该每时每刻都是开心的、幸福的，实际上却并非如此。

拉格多脾气暴躁，动不动就发怒，因为现在越来越多的人知道了地下藏有宝藏这一件事情，所以有很多珍宝都被挖走了，并且被用尽办法藏起来。就算矮子精再有权威，矮子精的士兵再威武，也无法阻止这件事的发生。

所以，矮子精国王拉格多不仅恨世上所有的人，他还恨天上的神仙。他每天想着如何能把所有珠宝都收入囊中，而不是想想自己都拥有了多少珠宝，只要世上还有一件他没找到的珠宝，只要天上神仙手里还有一样他没有的珠宝，他就烦躁，他就会每天不停歇地发脾气。

拉格多不发脾气的时候，就坐在宝座上闭目养神，但是他忽然间睁大眼睛，走下宝座，开始大发雷霆，并且敲响了身边的一面大锣。

这个锣声音非常响亮，一直传到很多山洞。那许许多多的山洞里面，好多矮子精在常年干着没有尽头的活。他们从岩石里挖出金银珠宝，然后打磨，或者熔铸。他们每时每刻都不停歇，不停地忙活着。即便这样，矮子精国王仍然很不满意他们的工作态度。所以当他们听到矮子精国王打锣的声音时，吓得浑身发抖。他们都在心里琢磨到底发生了什么事，但是没人敢停下手里的活儿。

锣声召唤来了国王的近身侍卫卡利科，他撩开厚厚的金帷帐，一边打着呵欠，一边走过来，显然他刚刚睡醒："怎么了，陛下，你有什么需要？"

"怎么了？"矮子精国王拉格多跺着脚吼道，"那些可恶的人类，他们要到这里来了，他们想着本王的洞穴。"

"他们要到这里来吗？"卡利科疑惑地问。

"是的，到这里来。"

"这件事你怎么会知道？"侍卫长还是没睡醒的样子，打着哈欠。

"我怎么会不知道，我天生就知道这一切，"拉格多嚷道，"那些愚蠢的人正在一步步接近我的宫殿，我能清楚地感受这一切，他们很快就会找到这里了。卡利科，他们太让我厌烦了，我对他们的厌烦甚至超过了我对薄荷茶的厌烦。"

"那么我们现在该怎么办呢？"侍卫长问道。

"你应该用你的小望远镜去看一下，卡利科，看看这些让人讨厌的爬虫走到哪里了。"矮子精国王无比厌恶地说。

侍卫长来到洞穴墙壁的一处管子前，闭上一只眼睛，用另一只眼睛看过去。这真是一个伟大的发明，这根管子从地下洞穴一直向上延伸到矮山顶上，盘旋弯曲，管子的中部放着一个有魔法的小望远镜，所以卡利科透过这个管子能看到外面的一切，就好像在眼前一样。

"哎哟！"他低声叫道，"陛下，他们真的来了，他们就在我面前。"

"他们都是什么怪样子？"拉格多急切地问。

"怎么形容呢？陛下，这不太好说啊，这是一群实在太过古怪的家伙，"卡利科说，"不过我感觉他们有点危险，而且这个队伍里还有个铜人，看起来是个机器人。"

"那个铜人有什么值得一提的，他叫滴答人，"拉格多说，"前不久还被我扔进了枯井，他没什么可怕的，我能对付他。"

"哦？那他是怎么出来的呢？"卡利科说着，又看了一眼，"还有一个小姑娘。"

"什么？难道是多萝茜？"矮子精国王有点惊骇。

“不，不是那个多萝茜，是另外一个姑娘，不，好几个姑娘，不过没有多萝茜，也没有奥兹玛。”侍卫长报告着。

“哦，那就好。”矮子精国王松了口气，他真怕又遇到这两个克星。

“还有谁？”他接着问。

“我觉得那应该是乌盖布的军队，全都是佩剑军官。还有邋遢人——不过看起来他并不是很讨厌。呃，还有一头蠢驴子。”卡利科的小眼睛紧紧贴着望远镜。

“这都是什么乱七八糟的军队。”拉格多傲慢地叫道，还用两根手指打了个响指，“看来，他们是一点威胁都没有啊，我只要派出我们的十二名矮子精士兵，就能打得他们落花流水。”

“我感觉没那么容易。”卡利科说，“就拿乌盖布那些人来说，就很难对付。而且我看其中的一个女孩似乎是玫瑰公主，她看起来像个仙女。至于彩虹女儿七彩，你应该知道，那是个真正的仙女，是没人能伤害得了的。”

“什么？七彩也在人群中间吗？”拉格多问道。

“对，其中的一个姑娘就是七彩，她仍然是那么美丽。”卡利科说。

“这样看来，这群人是来者不善，但是不知道他们想干什么呢。”拉格多紧紧皱着眉头，“也对，没有一个人来这里是怀着好心的，就像我恨所有人一样，他们也恨着我。”

“就是这样，说得好。”卡利科说。

“我现在得想些办法阻止他们到这里来。他们现在走到哪里了？”拉格多问道。

“橡胶地带，陛下，他们马上就要通过了。”侍卫长报告着。

“哦，不错，你的磁性橡胶导线还在吗？”

“是的，应该在。”卡利科说，“陛下，你的意思是咱们让那些入侵者尝尝苦头？”

“是的，你真聪明，我的侍卫长。”拉格多说，“我想让那些愚蠢的人一辈子都记着今天的事情。”

此刻，一行人正走在橡胶地带，而他们自己却浑然不知，他们只是觉得这一带的色调很单一，都是灰色的，而且脚下的路似乎没那么坚硬，甚至还有点弹性，但是他们全然不知这都是橡胶的，就连身边的岩石和树木都是橡胶做的。

前面不远处，出现了一条小溪，细流滚滚从一条隧道里喷涌而出，泉水在两道岩石之间奔腾着向山脚奔去。小溪中间有几块石头，人们可以从那里走到对面去。

滴答人走在队伍的最前头，军官们和女王跟在他的后面。然后分别是贝翠·鲍宾、驴子汉克、七彩姑娘、邋遢人、玫瑰公主和书夹乔。滴答人走到小溪边，毫不犹豫地踩上了石头，但是意想不到的事情发生了，滴答人的脚先是陷进了石头里，原来那石头竟是软软的橡胶，然后他竟然被橡胶弹起来了，而且一下弹到半空中。他在空中不停地翻滚着，然后落在了人群后面的一块大橡胶岩石上。

苹果将军离滴答人最近，他还没弄清怎么回事，自己也被弹了出去，而且一眨眼就不见了，可见他也是踩到了那块橡胶石。其实这块橡胶石本身是没那么大弹力的，只不过是卡利科的磁性橡胶导线的作用。所有踩到导线的人，都会像火箭一样飞出去。接下来是蛋卷将军，他也跟苹果将军一样，一下子不见了踪影。余下的人注意到这个问题了，他们停下了脚步，回望来路。

滴答人在那里落下来，弹上去，一直都没有停住，但是弹力也在渐渐减小；苹果将军这时候也在弹跳着，他的帽子已经歪向了一边，眼睛被遮住了一半，长剑在肩上一会儿甩向这边，一会儿甩到那边，像一根鞭子一样，抽打着苹果将军的手臂和脑袋；蛋卷将军大头朝下，扎向了一块橡胶岩石，他脑袋完全陷了进去，胖胖的身体像一个圆球，远远望去根本看不出来是一个人，而是一个穿了军装的球。

贝翠看到这个画面捧腹大笑，她实在是忍不住这份滑稽，七彩也跟着笑了起来。奥兹玛公主却在思考问题出在哪里。安女王看见她的将军这副狼狈相，实在是忍无可忍了，她大声呵斥着，让他们停下来，可是现在这些球体根本就不能控制自己，虽然他们也特别想停下来。过了好一会儿，

他们终于停下来了，挣扎着走回到队伍中。

“你们知道你们都做了些什么吗？”安斥责着，看起来她真的很生气。

“别再呵斥他们了，根本不是他们自己想这样做的。”邋遢人这时候说，“我知道你很恼火，但是你问他们基本上是不会得到答案的。其实这个问题很简单，问题出现在这些石头上，它们都是橡胶的。请大家看一看，这周围基本上都是橡胶的，我们脚底下的这条路也不是石头的，而是橡胶的。所以，陛下，跟你的属下没有关系，是这些橡胶让他们飞起来的。这样，我们也得一万个小心，不然也会被弹起来，像滴答人和你的将军一样。”

“所以，现在大家都请注意一下。”书夹乔说。他是个脑子很灵活又非常善良热心的人。可七彩姑娘却觉得这些橡胶挺有意思的，于是就在橡胶上跳起舞来，每跳一下就被弹到更高的地方，其他人看见七彩像只美丽的蝴蝶在他们头上飞来飞去。不一会儿，七彩再次用力一跳，就轻易地跳过小溪，来到了对岸。

“这里就好了，地面都是岩石的。”七彩对着对岸的朋友们说，“你们也可以试试，不要去碰触那些小溪里的石头，直接跳过水面过来。”

安女王和她其余的军官犹豫着，他们不知道自己能不能一下跳过小溪。贝翠却很喜欢这个主意，她也开始跳起舞来，跳着跳着就和七彩之前一样弹起来了。她现在也使劲跳起来，然后身子前倾，直接越过了小溪，弹到了七彩身旁。

“汉克，照着我的样子做！快！”贝翠对驴子喊道。驴子很听话地照着贝翠的方法跳起来，但是他没有那么顺利，跳到一半的时候掉进了小溪里。驴子在水里奋力挣扎着，向着贝翠所在的岸边游去，贝翠伸出双手去拉住他的鬃毛，使劲向岸上拽她的朋友，驴子在贝翠的帮助下终于爬上了岸。但是贝翠吃惊地发现，驴子身上根本没有一滴水。

“什么？这里没有水吗？”七彩说着，把手伸向小溪。她能感觉到水，抽出手来的时候却一点没被沾湿。

“这样看来，”贝翠说，“你们只要小心蹚水过来就行了。放心，水不深。”

于是奥兹玛公主和邋遢人一起走下了小溪，水刚刚及膝，而且一点也不会弄湿衣服，他们平安地到达了对岸。其他人看了这番情景，都放下心来，他们避开了所有石头轻松地走到了对岸。之后他们仍然沿着原来的小路向前走去，尽管他们并不知道这是不是通往矮子精王国的道路。

现在，卡利科特别吃惊，他再次来到望远镜前面的时候，惊叫起来："天啊，陛下，这群蠢人竟然走过了橡胶地带，已经非常迫近咱们的地洞入口了。"

拉格多听了十分生气，他咆哮着，仿佛要地动山摇，不停地在宫殿前的空地上走来走去，两只手放在屁股后面。好几次，他气急了，愤怒地用脚踢着卡利科的小腿骨，这可是最疼的地方，卡利科嗷嗷地叫着，跳着，却不敢闪躲。

"现在没有别的办法了，只能把这些胆大的侵犯者扔到'空管'里去了。"拉格多气急败坏地说。

"不可以呀，陛下，如果你真的这么做的话，你就会自食其果，蒂蒂蒂－胡乔会爆发雷霆之怒的。"卡利科不顾自己小腿骨的疼痛，诚恳地劝诫。

"顾不了那么多了，"拉格多烦躁地反驳，"别担心了，蒂蒂蒂－胡乔的领地在世界的另一端，他是不会知道的。"

卡利科想到了什么似的，轻轻地颤抖着，而且还痛苦地呻吟出来。

"陛下，请你不要忘记，他是多么的强大和可怕。"侍卫长的声音里全是恳求，"上一次，你把人扔下'空管'之后，他已经对你最后通牒，如果你不信守承诺，会受到很严厉的惩罚的。"

矮子精国王陷入了沉思，他衡量着到底该怎么做。

"现在，我们面临的是两个困境，"他想了一会儿，总结说，"第一个就是外面那些蠢人，第二个就是蒂蒂蒂－胡乔，必须衡量一下，选择风险最小的那个。你是怎么看待这些侵犯者的？"

"要不请出我们的顺风耳，让他听听他们到底要干什么。"侍卫长询问着。

“对对，我怎么没想到，赶紧召见他！”拉格多迫切地要见到这位能千里听音的能臣。

一会儿，长着两只招风耳的矮子精进来了，对着国王深深鞠躬。

“有一队愚蠢的人向着外面的地洞走来，”拉格多急切地说，“但是还不知道他们为什么来这里。你用你的耳朵听听，到底他们来这里是要干什么。”

顺风耳听令后，竖起他薄薄的大耳朵，并且让这一对耳朵轻微摇动。就这样过去了半个小时，拉格多实在不耐烦了，就对顺风耳问道：“你到底听到了什么？”

“我听到的是邋遢人要来这里寻找他失踪多年的小兄弟。”顺风耳回答。

“哦，原来就是那个奇丑无比的邋遢人啊。”拉格多说道，“原来是这样啊，他找他丑陋的兄弟干什么？那个人实在是太懒惰了，也不肯好好干活，还总碍手碍脚的。卡利科，那个邋遢人的小兄弟在哪里呢？”

“自从他上次把你绊倒后，你命令我把他送到金属森林去，我想他现在应该还在那里呢！”侍卫长说。

“太好了！”拉格多说，“这群愚蠢的人想找到那座金属森林，可不是简单的事，那是我最隐秘的所在，到处都是我种植的金树和银树，上面都是金子银子。这是我保存金银珠宝的最安全的所在，怎么会轻易让这些愚蠢的人找到呢？不过，顺风耳，他们还有别的要求吗？”

“确实，他们还有别的要求，他们还要别的东西。”顺风耳答道，“安女王的乌盖布军队想要掠夺你全部的金银珠宝，他们已经做好了如何瓜分珠宝的计划。”

听到这里，拉格多的脾气又上来了，他暴跳如雷，咬牙切齿地挥舞着细长的手臂。他快气疯了，奔过来抓住顺风耳的薄耳朵，使劲地扭着拧着。卡利科看到这里，拿起了国王的权杖，使劲地敲打国王的脑袋，拉格多这才清醒过来，松开了顺风耳的大耳朵，那上面已经有很多血痕了。

拉格多的目标现在变成了卡利科，他追着卡利科围着宝座奔跑。

顺风耳趁机赶紧风一样地跑出去，他这一惊非同小可，所以逃出去的速度非常快。矮子精国王追累了，就靠在宝座的脚下大口地喘着气，狠毒地看着他最信任的侍卫长，仿佛要把他吃掉一样。

“陛下，与其在这里追我，打我，你还不如把你的精力用在同你的敌人作战上。”卡利科建议着，“乌盖布的军队将会带来一场灾难的，而这时候你必须能够站出来迎战。”

“放心吧，不要你操心，这支愚蠢的军队是到不了这里了。”拉格多喘息着说，“我必须要把他们全都扔进‘空管’，一个都不剩，什么男的女的，统统扔进去，以解我心头之恨。”

“那蒂蒂蒂－胡乔那里呢？你打算怎么交代？”卡利科还是很担心。

“管不了那么多了。”拉格多说，“你现在立刻就去主管魔法师那里传达我的命令，让他把那条通往地洞的小路引到‘空管’那里去，把管口精心隐蔽起来，让那群人一点破绽都看不出，让他们统统掉进去，一个都不能留。”

卡利科不敢再违背这个暴躁的国王，他叹气摇头地走出去找魔法师了。虽然他知道这是一个不可弥补的大错误，但是这也是国王的命令。他找到了魔法师，把国王的命令说了一遍，魔法师按照矮子精国王的意愿做了。

传达了命令之后，矮子精侍卫长回到了自己的房间，他拿出纸笔，开始描述自己的品行，他把自己写成是一个诚实、忠心耿耿的好仆人，自己要求很低。

“过不了太久，”卡利科说，“我就能找到下一份工作。因为拉格多此举实在是愚蠢至极，他的死期马上就到了，蒂蒂蒂－胡乔是不会放过他的，他为自己掘了坟墓。我不能为他陪葬，我得为自己谋到新的出路。”

第十章
可怕地翻滚着穿过了管道

如果这一群旅人中的七彩或安女王知道矮子精国王的阴谋的话，她们都有办法破解这个迷局，因为七彩本来就是天上的神仙，而安来自奥兹国，奥兹仙境的每一个人都不会轻易地被魔法蒙蔽。可是，她们并不能提前知道这一切，所以当他们一群人直接进入了拉格多的大山洞之时，根本就没意识到什么危险。她们找到了山洞，心情非常好，斗志昂扬地继续前进。可是走着走着，领头的滴答人不见了，跟在他身后的军官都以为是遇到了拐弯的地带。

所以他们就继续前行，但是，他们一个又一个都消失不见了。安女王看到了这样的情形，她想快步走过去看看到底发生了什么。但是她刚刚走过去就不见了。

贝翠·鲍宾这时候坐在汉克的身上，她走得有些疲惫了，她还在转过头去跟七彩和邋遢人聊天。突然，汉克一个趔趄，脚下失去了平衡，贝翠狠命抓住驴子的鬃毛，一刻也不敢放松，才没有从驴子身上跌落

下来。

眼前是一片漆黑，看不到四周，但是有一点可以证实，那就是他们不是直直地向下坠落，而是沿着一个管道似的斜坡向下滑行。汉克的蹄子在坡面上是站不住的，所以他只好任其滑落，贝翠也是一样，她觉得自己就在管道里滑行。事实上，他们确实是沿着一个“空管”滑向世界的另一端。

“汉克，想办法停下来！”小姑娘贝翠喊道，可汉克只是可怜地叫着，完全没办法停下。

这样滑行了几分钟，贝翠也没遇到什么危险，虽然什么都看不见、听不见，耳边充斥的都是呼呼风声，但是她没有最初那么惊恐了。她不能判断现在是只有汉克和她，还是所有人都在一起滑行。不过如果现在能给黑暗中的贝翠拍张照片的话，那画面中绝不仅仅是贝翠和汉克。因为滴答人在最前面，四仰八叉地滑行着。所有的乌盖布军官们，他们都横七竖八地扭在一起，拼命用手保护着脸，以免被对方的剑和手肘伤到，飞快的滑行让所有人都无法控制自己的行动。安女王一会儿坐着滑行，一会儿由于速度太快又人仰马翻的，她根本不清楚到底发生了什么。再后面就是邋遢人和七彩，书夹乔和玫瑰公主。他们每个人都不知道这是怎么回事，却都一样地滑行着。

他们在最初还很惊恐和慌乱，但是过了一会儿之后，随着旅途的变长——毕竟从矮子精王国到世界的另一头不是个短距离，他们都慢慢适应了这一切，而且脑子也都清醒了。

“汉克，简直是太倒霉了！”贝翠抱怨着。

“贝翠，是贝翠吗？你没事吧？”安女王听见了贝翠的声音便跟贝翠喊话。

“怎么会没事呢？老天！”贝翠抱怨着，“咱们现在可是以每分钟一百多公里的速度在滑行，你说会不会有事呢？不过陛下，你知道我们这是要去哪里吗？”

“不要问这样的问题，没人能给出答案。”邋遢人也参与了进来，“天知道我们这是在做什么，要去哪里。”

“这到底是怎么回事呢？”贝翠仍在疑惑。

“等我们到了就能够明白了，我们总能到一个地方的，我想。”邋遢人说，接着他发出了“哎哟”一声，因为七彩这个时候已经赶上了他，并且还坐在了他的头上。

彩虹的女儿笑出了声音，她觉得抱歉，同时又觉得这样的旅行也很刺激。七彩的笑声感染了大家，贝翠也跟着大笑了起来，汉克听见贝翠开心，也开心地“唏——嚎”着。

“我们什么时候才能到地方啊，这到底是怎么回事呢？”贝翠还是想不通这个问题。

“亲爱的，想这些干什么呢？”七彩说道，“我觉得这样的旅行也不错啊，你不觉得吗？虽然我的家在天上，但是我现在却有可能在地心里转了大半圈呢！这也是一次非常刺激的体验啊。”

“你怎么知道这是地心啊？”贝翠追问道。

“这很容易啊！”七彩开心地说，“我们还有可能去别的地方吗？而且我经常听别人提起这条通道，造这条通道的魔法师是一个最伟大的旅行家，他想用最简单的办法到达世界的另一端，所以造了这个通道。可这个通道的速度简直太快了，以至于他从通道里滑出去的时候，撞爆炸了一颗星星。”

“曾经有一颗星星爆炸了吗？”贝翠很吃惊。

“是啊，因为那个魔法师滑出去的力度实在太大了啊！”

“星星都爆炸了，那魔法师呢？受伤了吗？”贝翠真的很感兴趣。

“这就很难知道了，”七彩无奈地说，“不过我想既然他能创造出这个通道，肯定会没事的。再说这件事有什么重要的。”

“怎么不重要？”贝翠说，“太重要了，我是怕一会儿我们出去也撞到什么星星！”

“为什么要想那么多？”七彩说，“我觉得魔法师肯定比我们的速度快得多才会那样的。放心吧。”

“我觉得这速度很好，”邋遢人说着，还非常轻地把七彩的小脚从他眼睛上挪开，并且温柔地说，“我可爱的姑娘，你能不能试着自己独自滑行呢？”

“哈哈，我试试吧，我尽力做着一切！”七彩开怀地笑着说。

虽然仍在空管里滑行，但是他们的心情已经没那么沉重了，他们的对话让大伙都觉得这次旅途很有意义。这个空管确实很黑暗，而且他们根本没法预见将会遇到什么，但这并不影响大家相互交谈。

书夹乔和玫瑰公主紧紧依偎着，他们也在谈论着什么。这位勇士虽然也为前路担心，但是在美丽的公主面前，他仍然保持着绅士风度，尽力去安抚着公主。

就这样，他们熬过了一个小时，但是旅行并没有结束，他们还是在滑行。又过去了一个小时，就在他们对这个空管的尽头表示怀疑的时候，滴答人第一个从空管中冲了出去。他飞行了一小段距离之后，扑通一声，掉进了一个巨型喷泉里。

然后就是军官们，由于他们的重量和滴答人不同，所以他们掉下来的

时候不停地翻滚着，以各种想象不到的姿势向地面冲过来。

“老天，这都是什么？”一个怪人正在花园里给一株紫罗兰除草，“这是怎么回事？发生了什么？”

他话音刚落，安女王就从空管中飞了出来，她小小的身体在空中窜出去足有一棵树那么高，然后像瞄准了一样，准确无误地落在了除草怪人的头上，把他的王冠都碰歪了，盖住了半边眼睛，怪人也一屁股坐在了地上。

汉克和贝翠是一起飞出来的，贝翠紧紧抓住驴子的脖颈，所以他们俩并没有窜出去那么高。贝翠在汉克的背上一点也没受到惊吓，他们稳稳落地的时候，贝翠只感觉到一点点震动。她四下寻找着她的同伴们，一眼就看见安女王跟那个怪人打起来了。那个怪人用手掐着安的脖子，安则双手用力抓住了怪人的头发。几个军官爬起来，想要过来把拼命的两个人拉开，并且试图制服怪人。

邋遢人和七彩姑娘，书夹乔和玫瑰公主也都来了。他们四处打量着，发现这里是完全陌生的地方。他们通过七彩知道这里是地球的另一边，而且这里也是个极其美好的国度。看起来他们降落的地方是一个花园，因为整齐的灌木丛和高大的树木之后，是一个很宏伟的城堡的塔顶。而现在他们所能看见的唯一一个人就是眼前跟安厮杀的怪人。他从安那群混乱的军官中挣脱出来，正在整理他那被撞瘪了的王冠，因为王冠在安砸下来的时候就把他眼睛盖住了。

邋遢人走过去，帮这个人把王冠拿了下来，怪人这才看清眼前的一切，他看起来十分惊讶。

“啊，啊，啊！”他喊道，“你们是谁？从哪里来的，怎么从天而降？”

贝翠看到安女王那张愤怒的脸，所以她替安女王回答了这个问题。

“我们也不确定我们是从哪里来的，因为就算是我们来的地方，我们依然不知道那是哪里，”贝翠说，“但是我们是经过‘空管’滑行到这里的。”

“什么‘空管’！那不是‘空管’！”怪人怪声怪气地叫道，“如果你管它叫管子，那它应该是空的。”

“这是什么意思？”贝翠问。

“因为凡是被称为管子的东西，中间一定是空的。”怪人回答，“可是这个管子不是谁都能用的，它被禁止使用。”

“我们可没有想要使用它！”贝翠说。七彩这个时候也补充道：“我觉得这件事一定是矮子精国王拉格多所为，因为我们就是因为他才去那个地方的。”

“什么？拉格多？”那个怪人有些情绪失控，“你们说的是拉格多吗？”

“对呀，七彩说的就是矮子精国王，也是金属大王拉格多，”邋遢人补充道，“我也觉得这件事跟那个老矮子精脱不了干系。因为我们就是想要去征服矮子精国，可还没找到入口，就被引进这个空管里了。”

“这样看来，你们是拉格多的对手了？”怪人盯着他们问道。

“准确地讲，还不算对手，”贝翠说，她也不知道到底现在他们跟拉格多算什么关系，“我到现在还不知道他是什么样的，但是我们此行的目的确实是为了去征服他，所以从这个意义上讲，我们又不是朋友。”

“对，说得对。”怪人赞同着，然后他逐个将这些陌生人看了一遍，忽然说，“放下你们手里的钳子吧，先不用管那些火了，带这些人去见见我们的百姓吧！”

“是，管子王，”一个浑厚的声音在回答，可大家看不到这声音发自何处，似乎只是从空气中发出一样。

找不到说话的人，旅人们惊骇极了，就连我们的七彩仙女都觉得有点意外，她娇弱的身体在轻纱下瑟瑟发抖，看着让人很心疼。邋遢人看了不免摇头叹息。安女王有些不安，所有军官又都抱在一起，浑身像筛糠一样抖个不停。

但是，没过多久，大家就都整理好情绪，仔细打量着面前这个怪人，心想，或许其他人也都跟他的模样差不多吧，毕竟他也是这里的居民之一。

这个怪人的脸蛋很精致美丽，表情却很生硬。一对碧蓝色的眼睛水汪汪的，像贝壳一样洁白的牙齿很整齐，头发卷曲浓密，乌黑发亮。整体看来，他真的是非常俊秀的，无可挑剔。他身上穿的是红色的及膝长袍，没有袖子，看起来十分精神，裁剪也恰到好处。胸前的图案是一条怒目圆睁的蛟龙，人和龙形成鲜明对比。但他露出来的手臂皮肤却是不同颜色，一只是嫩黄色，一只是碧绿色，而双腿也是不一样的肤色，一条蓝色，一条桃红色。他身上所有的色彩加起来特别的抢眼。这还不算完，他镂空雕花的靴子里，有两只乌黑发亮的脚。

贝翠很想知道这些颜色是涂上去的还是天生的，她怎么也分辨不出来，正在思考的时候，管子王说："现在，都跟着我走吧，我带你们到我的住处去。"

这个时候，忽然一个声音大叫道："快看，管子王，水里还有一个看起来很庞大的人。"

"哎呀！"贝翠叫道，"那一定是滴答人，我们竟然没有注意到他。"

"是啊，太抱歉了，不过水对他来说可不是什么好东西。"邋遢人赞同地说，"我们赶紧去看看吧！"于是大家一起涌向喷泉，可是没等他们到那里，滴答人已经被什么人从水里拉出来了，那个看不见的人把他放在水池边，让他全身的水都淌下来。

"太——太——感谢——了！"铜人说着，嘴巴张开了就合不上了，他摆开的双臂也停在那里了，像个木偶人一样，脚也抬起来一只，在半空里落不下来。

这个姿势让那些肉眼看不到的人哈哈大笑起来，我们的旅人们四处找着这些人都在什么地方，但是一个人影都没有，他们感到十分别扭。

"我想，他是该上发条了。"贝翠看着朋友的狼狈相，心里很不舒服。

"我想不是发条的问题，应该是他在水里待的时间太长了，可能哪个关节锈住了，现在他需要加点油。"邋遢人判断说。

邋遢人话音刚落，就有无形的手递过来一壶油。邋遢人现在多少有些习惯这种怪现象了，他接过油壶，在滴答人的各个关节处加油。这时候，不知道是哪里来了一阵风，特别恰到好处地将滴答人周身吹得干干净净，没一会儿，滴答人就非常流畅地说"谢谢"了，也行动自如了。

"走吧，跟我来！"管子王说道。他转身走向一条小路，这条小路通向

城堡。

“我们要不要跟他去呢？”安女王犹豫着，可她还没说完这句话，就仿佛被什么力量推搡了一下，差点跌倒。安不再犹豫，马上跟着队伍走了，那几个军官却还不知道何去何从，忽然他们被踢了几脚，但是他们都不知道是谁踢的，所以也不再犹豫了，跟着队伍走起来。

其他的人却都没有犹豫，跟着怪人走过去。他们觉得，这比让他们再经历一次空管旅行好很多，虽然这里是陌生的地方，但是此刻服从命令应该是最好的选择。

第十一章

著名的仙人国

他们穿过了一座美丽的花园，就是他们降落的地方，然后来到了城堡的前面。管子王带着他们经过宫殿大门来到了圆顶大厅，落座后，大家都开始打量四周。

贝翠觉得管子王戴着王冠，就一定是这个国家的国王。等大家都坐好以后，他们的座位在国王的宝座面前围成了半个圆形。管子王走过去，对着国王的宝座恭敬地鞠躬之后，一道亮光闪过，他便不见了踪影。

大厅里空旷极了，除了这些旅人们，再没有别的什么人。不过，他们还是感觉到有人在周围，因为一会儿就会传来一阵整理衣服的窸窣声，或是压低了嗓子的咳嗽声，以及有人轻轻走动的声音。这样过去了很长一会儿，忽然传来银铃清脆的叮当声，忽然眼前的一切都不一样了。

旅人们来不及愕然，就看见大厅里挤满了人，男人和女人，成百上千，他们都一样的俊秀和神采奕奕，都是湛蓝的眼睛，身穿鲜红的长袍，戴着珠光宝气的桂冠。表面看来，这些人跟刚刚的管子王一模一样。

“难道这些人都是国王和女王吗？”贝翠低声对七彩姑娘说，她简直都快晕倒了，这一切来得太突然了，但是她不是害怕得晕倒，而是被这新奇的一切震惊了。

“的确，看起来，这些人都有点不一样。”七彩说，“以往的国家都只有一个统治者，但是这里有这么多国王，谁才是真正的统治者呢？”

“这有什么奇怪的。”近旁的一个国王模样的人说道，“我们这里每个人都可以是国王，就算统治的人只有自己，那他也是自己的国王。在我们这里，人人是平等的，不分国王和王后的高低。那是因为我们的最高统治者——平民，是我们最爱戴的人。”

“最高统治者是哪一个？”贝翠问道。

这时候，铃声再次响起，大家再抬头看的时候，宝座上已经坐着一个人了，想必这就是这里的最高统治者了。大厅里的国王和女王看见这个人马上就跪下来，并且叩头请安。

贝翠打量着，这个平民似乎跟别人没什么两样，只是他的眼睛是黑色的，而且还闪耀着红光。他的模样高贵而漂亮，举止非常儒雅。他穿的袍子也不是鲜红的，而是洁白的，前胸仍然是绣着一条蛟龙。

“管子王，你把这些人带来是什么原因？”平民安然自若地问。

“他们是从禁止进出的管子里滑行出来的，尊贵的平民。”管子王回答。

“是这样的，尊贵的国王！”贝翠说，“我们是去讨伐矮子精国王拉格多的路上被什么力量推进这个空管的，我们想去救邋遢人失踪多年的小兄弟……”

“你是什么人？”平民看起来有些生气，大声问道。

“我吗？我是贝翠·鲍宾，我——”贝翠还没说完。

“谁是你们的领导者？”平民大声问。

“我是乌盖布的女王安，我——”安也没说完。

“闭嘴，我问，谁是你们的头儿？”平民有些不耐烦。

现在没有人敢出声了，一会儿，面包将军站起来了。

“坐下！不许乱动！”平民喝道，“不可能是你，你只不过是个军官。”

“可是我们都是将军，这支军队的将军！”钟将军不满地喊道，他最受不了别人对他的轻视。

“军队？军队在哪里？”平民问。

“我，是我。”滴答人说，“我是这支军队的唯一士兵。”

听到这里，平民站起来，恭敬地鞠躬，“对不起，我没看出来你尊贵的身份，我能邀请你跟我坐在宝座之上吗？”

滴答人从座位上站起来，向宝座走过去，所有的国王和女王都闪开了一条路。滴答人气宇轩昂地走上了台阶，坐在了平民的旁边。

没想到一个士兵在这里受到了这样的礼遇，大家都非常吃惊。安感到非常生气，她觉得这太没道理了。邋遢人却为老朋友能得到如此的殊荣感到开心无比。平民现在开始和滴答人交谈，滴答人告诉他，他们为什么去讨伐矮子精国王，又对平民讲述了奥兹玛公主的吩咐，以及他被矮子精国王投进枯井的经过，乌盖布人和邋遢人是如何解救他的，一路上他们都经历了什么。

“哦，你是说，你们要去征服金属大王，也就是矮子精国王拉格多？”平民问。

“是的，我们就是想要做这件事，去救邋遢人的小兄弟，并且获得战利品。”滴答人说，“但是看来我们不是他的对手，因为我们在接近他的地洞的时候，他用一个空管把我们送到了这里，而我们根本就看不见管子的入口。所以，他完全摆脱了我们的征讨，现在他安全了。拉格多把我们送到这么远的地方，就算我们再想攻打他，也不是容易的事了。”

平民听了这些，沉思了几分钟，然后他说：“尊贵的士兵，我必须负责任地告诉你，这根管子是我们明令禁止使用的，万一谁穿越了这根管子，就一定要接受我们这里九天十夜的惩罚，然后我们将把他重新扔进管道。不过，我觉得当法律和感情发生冲突时，我应该理智地扔掉法律，因为你和你的下属们并不是故意来违抗我们的法律的，你们是被拉格多强迫的。因此，我现在最该惩罚的是矮子精国王，而不是你们。”

“那你简直太明智了，我们也这样觉得。”滴答人说，“可拉格多离这里太远了，要惩罚他可不是轻易能够做到的。”

平民听到这里，脸上出现了不易察觉的喜色。他把身子坐直了。

“你听说过金睛吗？你觉得对于金睛来说，惩罚矮子精国王是件难办的事吗？”

“你说的是金睛？啊？难道你就是金睛？”滴答人吃惊地问。

“当然，我就是。”平民回答。

“啊？那么你的名字是蒂蒂蒂－胡乔？”

“是的，是我的名字。”

安控制不住地喊出声来，浑身发抖，根本停不下来。邋遢人听到这个名号也十分震撼，他的额头上也沁着汗珠，七彩也变得严肃起来，而且似乎坐着很不舒服。书夹乔则用手臂搂着玫瑰公主的肩膀，好像是安慰，又像是保护。那些乌盖布的军官，听到这个名字，直接就哭起来，大呼小叫的，完全没有军官形象。贝翠看到这个场景，不禁感到奇怪，她不知道为什么人们忽然变成这样。滴答人却看上去很镇定自若。

“如果这一切都是真的，你果真是蒂蒂蒂－胡乔，”铜人推测着，“我想，此刻，肯定会有什么不可思议的事发生在矮子精国王身上了。”

“那会是什么事呢？”贝翠很是好奇。

蒂蒂蒂－胡乔，平民国王，也可以叫金睛，看着面前这个小姑娘，表情变得生硬起来。

“我想你很快就会知道矮子精国王的遭遇！”他的声音里满是严厉。然后他转向他的国王和女王们，对他们说道：“滴答人说的都是真的，因为一个机器人是不会讲假话的，更不可能让他学会编造谎言。这样看来，他们不是入侵者，从现在开始，请礼貌谨慎地对待他们，让他们成为最尊贵的

客人，好好招待。明天我会再传召他们，到时候再做决定。”

蒂蒂蒂－胡乔话刚说完，就不见了踪影，然后绝大部分的女王和国王也不见了，只留下了几个人，他们对待这群旅人非常的恭敬。一个美丽的女王说：“大家好，我是厄玛，光的女王，有谁愿意给我当客人吗？”

贝翠很喜欢这位女王，她说：“那我和驴子汉克可以吗？”

“哦，小姑娘，驴子可以放在万兽之王那里，这样，你们早餐的时候会在一起的。你放心，在那里，他会受到更好的优待。”厄玛女王笑着说。

“可是，我希望有个人能跟我一起。”贝翠央求道。

厄玛女王于是从人群中找她的同伴，她看到了七彩。

“彩虹的女儿应该是个合适的人选。”厄玛说。

“是的，我想也是！”贝翠开心了。

于是贝翠和彩虹跟着厄玛走了，而余下的人也都被不同的女王和国王带走了。

两个美丽的姑娘跟着美丽的女王走出大厅，她们穿过了来时的花园，来到了一个建筑风格非常精致的村庄面前。这里的房子虽然不及金晴的宫殿，但也十分漂亮，事实上，这里也是一处宫殿。

第十二章

可爱的光姑娘

光女王的宫殿在一处高地上，宫殿的墙壁都是水晶玻璃，宫殿的房顶也是水晶的。当贝翠和七彩跟着厄玛女王走进宫殿的时候，出来了六个迎接女王的侍女，这几位侍女的打扮也非常出彩，从穿戴上贝翠能感受到她们身份的尊贵。每个姑娘手里都有一个水晶权杖，权杖上面都有一枚亮闪闪的印章。原来，她们衣服的颜色代表了不同的光，她们是各种光的代表。厄玛依次给贝翠和七彩做了介绍。

第一位女孩是阳光，她光彩夺目、神采奕奕；第二个女孩是月光，她如梦如幻、俊秀多姿；第三个女孩是星光，她看起来娴静温柔，又有些害羞。这三个女孩都穿着银白色长袍，长袍都亮闪闪的。下面是第四个女孩，她是日光，穿着色彩缤纷的袍子，面带微笑，喜气盈盈；第五个女孩是火光，她穿着火一样的长袍，性格也是热情似火，主动跟客人打着招呼；第六个是电光，她是这六个女孩子里最漂亮的，贝翠和七彩都能感觉到其他姑娘对她的嫉妒。

她们都很开心贝翠和七彩的到来，而且对厄玛很恭敬。在女王的四周，她们犹如众星捧月般簇拥着。

厄玛女王的客厅当然很奢华，但是十分舒适，墙壁色彩缤纷，贝翠和七彩被这里的一切吸引了。因为今天的一切都来得太突然了，所以她们都感到疲惫了，她们坐在沙发上，感到舒服极了。

厄玛女王坐下来同客人聊天，贝翠和七彩发现留下来陪着的只有日光，其他的女孩都退到客厅的一角去了。她们坐在那里，非常安静端庄，静静地看着眼前的一切。

女王于是把这里的一切告诉了贝翠和七彩。原来，这里是一个仙人居住的地方，她们负责照顾着人类。这里也有法度和规则，所以必须要选出一个重要的人统治这里，但是仙人们之间都分不出高下，所以他们选了一个平民来统治这里的一切，他就是蒂蒂蒂－胡乔，也叫金睛。他虽然没有什么特别的，也没有心，但是他的脑子足够聪明，能够做出最公正和明智的判断，而且他杀伐决断，一点也不犹豫。因为没有可以被感动的心，所以蒂蒂蒂－胡乔在惩治坏人的时候一点余地也不留。但那些正直忠义的人，

是不用害怕他的。

仙境里所有的仙人都十分敬重蒂蒂蒂－胡乔。虽然仙人们都希望自己都能够征服很多人，但是他们往往会被更有威望的人征服。

奥兹国的所有人都知道关于金睛的传说，他的公正和冷酷让每一个人心有余悸，他对恶人的惩罚简直大快人心。七彩姑娘对他早有耳闻，今天是第一次见到他，所以她对他产生了浓厚的兴趣，一点儿也不觉得害怕。

时间在不知不觉中流逝，只要是愉快的聊天，时间总是过得很快。贝翠看到日光女孩的位置上已经换成了月光女孩。

“我想知道，”贝翠说，“为什么你们美丽的长袍上会有一只如此狰狞的龙头？”

厄玛女王的脸色变得端正严肃，她很正式地回答道：“其实龙从来都是存在的动物，也是万物中最为聪明尊贵的。你们不知道，我们这里有一条最古老的龙，在我们需要他的时候，他都会帮助我们排忧解难。历史有多悠久，他就有多悠久，他经历了一切的一切。”

“那么，他有子孙吗？”贝翠问。

“当然，他子孙万代，都生活在各个国度，但是那里的人们根本不了解他们，有时候还攻击他们，太可悲了。还有一大部分，他们生活在我们的国度，但是没有一条小龙比这只老龙聪明，我们非常虔诚地膜拜他，所以我们必须以他为荣，要把他时刻穿在我们身上。我们的仙境比奥兹国还要好很多。”

“我以前一直都不知道关于龙的故事。”七彩陶醉地说。贝翠没有太多兴趣关注龙，但是她注意到周围光的变化。日光姑娘走的时候，月光姑娘来了，此刻连星光也来了，星光女孩为这个房间增添了宁静的氛围。七彩本来就是仙女，她对这里充满了好奇，这样一个世外桃源一样的地方，他们都怎样生活，怎样与人交往，这些问题她都想知道，厄玛女王一一给她解答着。在此期间，火光女孩已经来到这里了，她的到来使得房间呈现出一片粉红，非常神秘而美丽。

贝翠喜欢这颜色，但是她看着火光女孩有点昏昏欲睡了，火光女孩温暖祥和的面孔让她打起瞌睡来。厄玛女王看到了，站起身来，拉住了贝翠的手。

“来，可爱的姑娘，”厄玛说，“晚宴的时间到了，我们还是去吃饭吧。”

“真的啊，太好了！”贝翠说，“我都饿得失去知觉了，我有太长时间没吃东西了。可是你们仙女吃的食物适合我吗？”

厄玛女王微笑着，领着贝翠和七彩来到餐厅。一道粉色的帷幕被拉开，一个开阔豪华的餐厅出现在眼前，雪白的台布上放着水晶和银质的餐具。餐桌主位是一个像宝座一样的座位，那里属于厄玛。这时候电光女孩出现了，美丽的光线让这个餐厅顿时金碧辉煌。七彩和贝翠分别坐在女王的左右两侧，其他的光女孩都在一旁站着伺候，她们给两个女孩发的食物恰好都是她们最想吃的。七彩发现她餐盘里的露珠是那么新鲜、晶莹，真的太可口了。贝翠吃了她有生以来觉得最好吃的一顿晚餐，她吃了还想吃，美味到舍不得放下餐具。

“我觉得，”贝翠说，“电光女孩一定是这些女孩中最年轻的一个。”

“何以见得？”厄玛女王笑着问道。

“因为，我知道电光是一种新能源，”贝翠说，“爱迪生发明了电灯，所以她一定比别的女孩年轻。”

“你知道的是凡人里的第一个发明电的人，”厄玛笑着说，“你不知道，其实世界产生的最初就已经有电了。其实和所有光源一样，她们都一样地一直默默为人类奉献。”

贝翠不说话了，她看着这六位光女孩，说：“所以她们六个缺谁都不行对吧？在我们的生活中缺一不可。”

厄玛温柔地看着这个可爱的姑娘。“是啊，无论缺了谁我肯定是生活不下去的，”她说，“我想，人类可能也是一样，人们会怀念我们的每一个姑娘。因为她们每个人都特别重要，都是无可替代的。比如说，日光就无法代替阳光给我们能量。而月光就是在日光累了的时候去接班。而当月亮被地球挡住的时候，星光又是那么重要。没有火光，我们就会被寒冷和潮湿所包围，同时也会少了很多快乐。但其他光都散去的时候，电光就会给我

们带来欢乐。我作为众光之首，我爱我所有的光女孩，因为她们都是那么忠诚和善良。”

“是啊，我也十分爱她们，这些美丽可爱的光女孩。”贝翠感慨着，“不过，我想在我睡觉的时候，没有光也可以。”

“可爱的小姑娘，你一定是困了。”厄玛关心地说。

“嗯，是的，我今天太累了。”贝翠老实地回答。

于是电光女孩把贝翠带到了她休息的房间，这里宁静雅致，床洁白柔软。电光女孩等待贝翠洗漱结束，换上一身柔软舒适的真丝睡衣之后，慢慢地退出了这个房间。

电光女孩走后，贝翠在床上只数了六个数，就睡着了。

第十三章

金睛的公正判决

第二天清晨，大家又重新相聚了。他们从不同的宫殿走向金睛的大殿，在这宽敞的大厅里，等待着蒂蒂蒂－胡乔的到来。

像刚来的时候一样，现在大厅里只有我们的旅人，并没有看见其他任何人，在一道铃声响过之后，美丽的女王和国王们都出现了。第二道铃声响起，伟大的金睛已经坐在了宝座之上，他俊朗的外表、阳光的面容，还有镇定自若、举止优雅的风采依旧一点也不曾改变。

所有人都对金睛鞠躬行礼，大家知道，现在到了金睛做裁决的时候。有的国王们在下面小声议论着："尊贵的金睛一向是最公正、公平的，我们完全服从他的判断。"

蒂蒂蒂－胡乔向伟大的臣民们点头致意。然后他看了一眼这些新来的人们，用非常深沉的语调说："昨天咱们这里发生了一件大事，一群地球另一端的居民，通过我们明令禁止的管子滑行过来了。这个管子是很多年前我们中的某个人制造的，他做下了错事，已经受到了应有的惩罚。但是这

些人不是故意来到这里触犯我们的戒律的，他们是被人陷害的。而这个人就是世界另一边那个自称金属大王的矮子精国王拉格多，他是个古怪、暴躁、冷酷无情的矮子精，当然是邪恶的魔灵。他的本领和魔法不是为了人们谋好处，而是为了给人们带来灾难。我们的朋友们，为了解救被拉格多掳走的邋遢人的兄弟，他们组成了这支队伍，当然他们是人和神仙的组合，他们决定要去征服矮子精国王，进而惩罚他。但是矮子精国王却卑鄙地把这些人送进了空管，所以他们才会来到这里。

“其实，在很早以前，我曾经警告过拉格多，我告诉他，但凡他再使用这个空管，一定会受到严厉的惩罚。现在看来他根本没把我的话放在心上。我今天看了一下万事录，发现他身边的侍卫长卡利科曾经苦苦劝诫，还没能阻止他这样做。看来拉格多真是太鬼迷心窍了，他这是公然违背对我的承诺，完全没有把我放在眼里。

“我们的这些客人都是无心的，所以，不能对他们进行惩罚。只有拉格多才是最该受到惩罚的，我决不能姑息他的错误。”他停下来，审视着周围

的人们，然后继续用冷冷的语调说，“这些客人必须还得顺着这根管子回到他们的世界，不过这次一定让他们舒服愉快地通过。我还要送给他们一个复仇者，这样他们才有能力以我的名义，将那可恶的老矮子精赶出他的山洞，让他丧失他的魔法，成为地面上任人欺凌的流亡者。”

这样的冷酷裁断让所有人都为之惊叹，没有谁站出来反对，因为人们知道，蒂蒂蒂－胡乔是最明智的判决者。

“可是，当我选择这个复仇者的时候，”蒂蒂蒂－胡乔说，“我发现这是一趟不愉快的出游，我找不到谁能去做这件事。因为，在我们自己的国度里是没有谁犯过任何错误的，哪怕是一点点小小的错误。万事录我翻看了几遍，也没找到谁有过一丝一毫的失误，甚至连奴仆也不曾有过闪失。后来，我只有翻看我们伟大的龙族，终于发现了夸克思的错误。

“夸克思是龙族里比较年轻的龙，智商并没有那么高，似乎他还没有长大，对他的老祖宗极为不尊重，有时候还对老龙王出言不逊，说这条老龙老糊涂了，多管闲事。虽然龙和我们仙人有本质的不同，他们似乎不受我们法律的约束，但是我们不能忽略夸克思对龙王的不尊重。因此，我选择他去完成这次复仇的任务，作为复仇者，他必须和这些人一起进入管子，滑行到另一端拉格多那里，去执行我的命令。”

所有人都聚精会神地听着金睛的决定，然后他们不约而同地对金睛鞠躬致敬，表示他们同意金睛的全部决定。

蒂蒂蒂－胡乔现在转向了管子王。

“管子王，现在，”他庄严地说，“陪这些客人去管子那儿，让他们全部进去。”

这位管子王就是最初发现我们这些旅人的怪人，他走上前，领命鞠躬。一眨眼间，所有人都不见了，只剩下旅人和管子王。

“哎，好吧。”贝翠说，“我不在乎再来一次滑行，因为金睛答应我们要让我们有一次愉快的滑行。”

这群人中，只有安和她的军官们不太开心，因为他们有点不相信这次旅行会是愉快的。还有一件事就是，她来到了这里，但是未能征服蒂蒂蒂－

胡乔。就在他们这群人随着管子王穿过花园朝着管子走去的时候，安对邋遢人说："我们就这样走了，岂不是太可惜了，我们还没能征服这块肥沃的土地。不能拥有这个仙境，我还拿什么征服世界呢？"

"你太狂妄了，你怎么可能征服这里呢？"邋遢人没有表情地说，"别问我为什么，因为如果你到现在还不知道为什么，我也不知道该如何让你知道！"

"这是为什么呢？"安还是说出了这句话，邋遢人看都没看她，像没听见一样。

管子到了。这个管子口还有一个银圈，周围还有金护栏，一个告示牌上清晰地写着：

如果你要出去，就别再回来；如果你要进来，就别再出去。

管口的小银圈上面还有一圈小字：

创造者——希尔加果魔法师。时间——19625478年前。使用权——创造者本人。

"哦，这是个伟大的创造者，"贝翠说，"但是如果他知道他出去的时候会将星星撞爆炸，我想他可能就用造这个管子的时间打纸牌了。"

"我们还不出发吗？"邋遢人问道，"还等什么呢？"

"夸克思，"管子王说，"那条受惩罚的龙。不过我觉得他正在往这里赶来。"

"这是一条我们看不到的龙吗？"安说，她从来不曾看见过活的龙，所以此刻她有些紧张。

"能看见，为什么不能？"管子王说，"很快你们就能见到他了，不过我觉得你们宁肯希望看不见他，直到和他分手。"

"怎么？他是条危险的龙吗？"书夹乔问。

“不，一点危险也没有，”管子王说，“但是我们都比较烦他。在我看来，我宁愿他不存在，而不愿意有他陪伴。”

与此同时，周围出现了刮擦声，而且越来越近。不一会儿，大家看见在两大丛灌木丛间，一个龙头出现了，他对这群人点头示意着，看起来还很礼貌的样子。

如果夸克思是条腼腆的龙，他就会为这些人的注视感到不安，因为人们用惊讶的眼神瞪着他，丝毫没有欢迎他的意思。只有管子王没有什么表情，因为他不是第一次看到这条龙了。

贝翠原以为年轻的龙会是很小的龙，但是没想到，他是如此巨大的家伙。他看上去已经完全是条成年龙了，天蓝色的身体上长满了鳞片，银光闪闪，每一个鳞片都像一个托盘那么大。他的头上还绑着一个粉色的缎带，还在耳边打了一个蝴蝶结。缎带下面有一串珍珠项链，项链的坠子是一个金盒子，这个盒子看起来得有一面鼓那么大，上面还镶嵌着各种各样的珠宝。

这样看着这条龙也不算可怖，但是夸克思的眼睛就没那么让人舒服了，他的眼睛大得每一次眨眼都需要好长时间。他看到大家在注视他，还露出一口巨型尖牙笑起来。这一笑让所有人都胆战心惊。他的鼻孔看起来也很阔大，还有一股硫磺味，他呼吸的时候喷出一朵朵火焰，硫磺味就更浓重了。而在他的尾巴上，居然还用缎带绑着一个电灯。

不过旅人们注意到这条龙的脊背上安放了一排排座位，看来这是给每个旅人准备。这些座位都是双排的，还有靠背，这是金睛细心安排的，两个人可以并排坐在一起，没事的时候可以聊天，不至于无聊。

“啊哈，”管子王笑道，“看来蒂蒂蒂 - 胡乔把你当作一辆巴士了，不过这样也好。”

“很精心的安排，”贝翠说，“但愿夸克思先生不会因为我们坐在他的背上而不高兴。”

“这没问题，”夸克思说，“你们都知道，由于我自己的无礼而受到这点小惩罚，对我来说不算什么。我只有更好地表现，来博得金睛的欢心。即

便是让我驮什么东西，我也认为那是他给我的机会，而且，我也愿意陪你们走一趟。放心吧，都坐到我的背上吧，我带你们回到那个你们来的世界。”

所有的人都不出声地坐上了龙背，汉克和贝翠坐在第一排，这样他们的脚就可以放在龙头上；后面是邋遢人和七彩姑娘；然后是书夹乔和玫瑰公主，安女王和滴答人；余下的位置十六名军官两两坐好。这样这一群人看起来就像是去哪里旅游观光的旅客，只不过这辆龙车没有轮子，也不需要轨道。

“哦吼！”夸克思大声问道，“大家都准备好了吗？”大家都回答坐好了，他便走向了管道口，把头伸了进去。

“好了，再见，亲爱的！一路顺风！”管子王大声说。现在已经没人能听见他的话了，因为夸克思已经把身子滑进了管子，大家都已经开始了新的旅行。

在旅行的最初，他的速度很快，大家都快无法呼吸了。一会儿，夸克思就把速度降下来了，他还开怀地大笑起来：“老天，这样的速度太刺激了，我觉得还是放慢一些更从容。我们还需要很长时间才能到世界的另一头吗？”

“你是第一次走这个管子吗？”邋遢人问道。

“是啊，我以前从没走过啊。我们的国度里没人走过这里，至少我出生之后没有听说过谁走过这里。”夸克思愉快地说。

“你什么时候出生的？”贝翠问。

“哦，不久前吧，我还是个孩子。如果金睛不指派我当复仇者，那么下周四我将度过我的三千零五十六岁生日了，我妈妈都准备给我做蛋糕了，上面还要插上相应数目的蜡烛。但是现在我估计是来不及回家庆祝生日了，我可能在那天还不能完成任务呢！”夸克思有点遗憾地说。

“啥？三千零五十六岁！”贝翠惊叫道，“老天，我想都没想过那个年龄，有谁能活那么久吗？”

“这有什么？我那备受爱戴的龙祖——当然，如果不是因为我对他不尊重受到惩戒，我此刻肯定管他叫老骗子、老顽固——他的年纪那么大，所以我在龙族也就算个婴儿了。”夸克思说，“在世界之初他就存在，他给我们讲故事的时候都是讲五万年前的事，对于我来说，那么遥远的事，我一点感觉都没有！其实，龙祖已经被时代淘汰了，他已经不能适应现在这个世界了。他活在过去，所以我搞不清楚为什么他还会活着……呃，灯需要调亮一点吗？”

“哦，不需要，我们已经看得很清楚了，多谢。实际上，我们除了自己，也没什么可看的。”贝翠答道。

事实上也正是如此。夸克思的两只眼睛在黑暗中犹如高瓦数的电灯，把管子里照得亮亮的，他的尾巴上也绑着电灯泡，所以坐在龙背上的旅人们就像在白天里一样，彼此看得很清楚。但是整个管道除了黑金管壁有些稀奇之外，再无特殊之处，所以大家也没有看到什么能给旅途带来亮色的风景。

有了龙车之后，滑行再也不是令人恐惧的事了，至少再也不用担心谁的脚落在谁的头上，也不用保护自己的脸被谁的剑鞘打到。所以整体来看，旅行很舒服。不过这样的滑行速度会拉长旅行时间，他们现在唯一的解闷办法就是聊天，好在这是一条健谈的龙，所以大家没有那么无聊。而且他聊的都是大家不太知道的事情，因此大家都希望他能多讲一些，尽管他的声音听起来不那么好听，但是听得久了，也不觉得了。

“我现在有点儿担心，”龙说，“长期这样的滑行，对我的爪子是一种伤害，我怕经过这次旅行，它们就没那么锋利了。你们也看到了，这个管子不是上下垂直的，而是倾斜着的，所以我没办法在里面飞翔，只能顺着管子滑行。幸好我带着工具箱，那里面有一把锉子，等我们降落的时候，我可以修一下我的爪子。”

“你为什么一定要让爪子那么锋利呢？”贝翠问。

“因为它们也是我的武器啊，我不能忘记这次是去征服矮子精国王的，所以我需要武器啊！”夸克思说。

“哦，这件事就不劳你费心了。”说话的是女王安，她那不可一世的傲慢又表现出来了，“到了那里，我这支军队就可以将那里夷为平地，我们有能力征服他。”

“啊，那真是太好了！”夸克思非常高兴地说，“那真是省去了很多力气。如果你们能依靠自己的能力战胜那个矮子精，我真的很开心！不过我还是要把我的爪子锉锋利！”

说完这话，夸克思长长舒了一口气，只见他的嘴里喷出一条长长的火舌，足有十几公里，贝翠不禁吓得打冷战。汉克最怕火，他嚎叫着又蹬又踹，几个军官也吓得大叫起来。可是这条龙却不知道这一切都是为了什么。

“这些火是从你的身体里喷出来的吗？”邋遢人问。

“是的，”夸克思回答，“如果我的身体里没火，那么我就不能叫作一条龙。”

“那是什么东西点燃你的火呢？”贝翠很好奇。

“我也不知道是什么。”夸克思说，“我只知道，有火在，我就活着，有火在，我能行动、思考。”

“哦，这样看来咱俩也差不多，”滴答人说，“只不过我是靠发条，而你是靠火。”

“那可不是。”夸克思不同意这种说法，“在我看来你和我有本质的不同，你是个机器人，而我是有血肉之躯的生命体。”

“可是即便这样，也从来没耽误我做事啊！”滴答人不服气地说。

“是，但前提是你必须被上足发条，”夸克思有点看不起这个机器，“若是发条松了，你就是堆废铜，毫无意义。”

“那么夸克思，”邋遢人说，“如果你体内的汽油用完了，你会怎么样呢？”他有些看不得滴答人被轻视。

“我从来不用汽油。”龙说。

“哦，那假如你身体里的火熄灭了呢？”邋遢人还是不放过他。

“这种假如也不可能实现啊，”夸克思说，“我的曾曾曾祖父都活了一把年纪了，但是从未出现过熄火的事情啊。不过，有一点我可以说给你们。上了年纪，火和烟就没那么多了。至于这个铜人，他现在的状况还不错，但是怎么说他也是个铜人，而且矮子精国王拉格多又对他非常了解。如果

拉格多把这堆铜放在大熔炉烧，也不过个把时辰，滴答人就会变成了一个个铜钱，这样的事也不是不可能出现啊！”

“但是即便是那样，我还是可以走动的啊！”滴答人还是很自信地说。

“对，对，铜钱也是流动的。”贝翠有点无奈地说。

“一派胡言。”安女王说，她又开始恼怒了，“滴答人是我们乌盖布军队除了军官以外最伟大的士兵，我坚信他的能力，他能不费力气地征服拉格多，你不这样认为吗，七彩姑娘？”

“陛下，你可以让他试试的。”七彩边笑边说，美丽的脸庞在灯光下绽放光彩，笑声清澈如小溪叮咚，“如果滴答人真的失败了，再让这条喷火的龙去帮你也不迟。”

“对，对！”夸克思赞同地说，“到底是仙女，说出来的建议都很不错，七彩真的很聪明！”

第十四章

顺风耳一听就全知道了

把这些入侵者送到空管之后，金属大王——我们的矮子精国王拉格多开始装饰自己的洞穴，他不愁金银珠宝，所以他的洞穴看起来更加奢华，也更加光彩夺目了。矮子精国王对自己的装饰天赋很骄傲，每天乐在其中。可是他还是觉得无聊，因为他最喜欢的不是这些。他喜欢发脾气，喜欢责罚手下，可所有矮子精都对他毕恭毕敬，没有一个犯错的，所以他有时候就会没事找事地打他的侍卫长卡利科。他扔了六次权杖，没有打中卡利科，于是更加心烦了。虽然卡利科什么都没有做错，不该惩罚，但是矮子精国王还是找到了他不服从命令的时刻，那就是拉格多让他站在原地老老实实待着，他用权杖瞄准然后打他这件事，侍卫长没有遵从。

但是，卡利科实在没有做错什么，没有谁愿意站在那里等死，所以拉格多没有过多追究这件事。他心里清楚，万一他的权杖打破了侍卫长的脑袋，那么从此以后想找这么听话的侍卫长可是太难了。拉格多知道，卡利科知道如何让手下们心甘情愿地为国王干活，而他本人却做不到。因为矮

子精们虽然惧怕他就像惧怕一个魔头，但更多的是恨他。拉格多心里清楚，万一这些小矮子精们起来反抗自己，那是一件多么容易的事情，他们实在没有必要把这个国王放在眼里。

有时候拉格多的暴躁太过分了，也会有矮子精扔掉自己手里的工具，如果这时候国王仍然继续殴打或责骂他们，他们即便去死也不会再拿起工具。每当这时都是卡利科出来调解，他们才会继续拿起工具去干活。因为大家都知道，虽然卡利科是个侍卫长，他所受的折磨和蹂躏却一点不比这些劳工们少。

所有矮子精都知道国王的坏脾气，因此他们根本就不会去犯错，这样一来，拉格多觉得很无聊，就叫来顺风耳，让他听一下外头可有什么新鲜事，世界的其他地方都在发生着什么。

“哦，陛下，”顺风耳一边听着一边报告，“美国的妇女们组建了俱乐部！”

“哦？棍棒？”拉格多误以为俱乐部是棍棒的意思，“他们的棍棒上有尖利的钉子吗？”

“这一点还没听到，陛下！”顺风耳回答。

“那她们的棍棒不如我的权杖厉害。还有啥？”

“有个地方发生了战争。”

“到处都是战争，这不足为奇。”国王很是不屑。

一会儿，顺风耳不再说话，他扇着薄如蝉翼的大耳朵，认真听着，身子也努力前倾。他忽然说：“陛下，有一群人正讨论由谁来讨伐金属大王，并且如何夺走他所有的家产，把他赶跑的事。”

“有这事？什么人？”拉格多从宝座上坐起来，饶有兴趣地问。

“就是那些被你扔进空管的人。”顺风耳回答。

“什么？他们在哪里？”拉格多有点警惕了。

“还在管子里，不过这次是回到这里来。”顺风耳老实回答。

“让我想想还有什么方法能够让他们退缩。”拉格多现在不在宝座上面坐着了，他走到了地上，来回踱着，快速地转身，然后皱着眉头思索。

“哦，陛下，”顺风耳建议说，“你可以试着把管子的方向调换一下，这样你就可以把他们重新引回世界的那一端了。”

拉格多恶狠狠地盯着顺风耳，似乎觉得他在嘲笑他，但他没有发火，控制了一下情绪，忽然问：“现在他们到哪里了？”

“他们在大约十万八千公里外的地方，我根据他们说话的声音进行了估算。”顺风耳说道。

“啊哈！”拉格多有点放松了，“还有那么远，我还有很多时间考虑如何收拾他们的问题，等他们到这里时，我想我已经什么都准备好了。”

现在，他再一次冲到大锣前使劲敲着，卡利科非常狼狈地赶来，因为当时卡利科正在洗澡，所以他趿拉着一只鞋，一蹦一跳地来到山洞里。

“哦，侍卫长，那些被我扔进空管的入侵者正在原路返回。”拉格多看也不看卡利科的狼狈相，发狠地对他说。

“我就知道他们是会回来的！”卡利科一边说着，一边把衣服整理好，“蒂蒂蒂－胡乔是不会允许陌生人在他的国度里待上太长时间的，我一直在等待他们回来。哦，陛下，容我说一句，那件事你做得实在不聪明。”

“什么事？把那些人扔进空管吗？”拉格多问。

“是的，蒂蒂蒂－胡乔早就警告过我们不要向管子里扔任何东西。”

“那个金睛管得真多。”拉格多非常不屑地说，“他怎么会知道这些呢？他远在世界的另一端。”

“是的，他离得很远，不会来这里。”卡利科老实地说，“但是他可以派遣谁来这里惩罚你。”

“呵呵！”拉格多带着十二分的轻蔑，“我倒要看看他要怎么惩罚我，他还能抵挡我这样庞大的军队吗？”

“可是我明明记得，有一次，”卡利科说道，“当多萝茜和奥兹玛他们来征伐你的时候，你慌乱逃走的样子。那次似乎你真的很害怕呢！”

“哦，那一次我是真的有些害怕。”没想到矮子精国王也承认这一点，“不过那是因为多萝茜有只会下蛋的黄母鸡。”

矮子精国王提到鸡蛋就会浑身发抖，卡利科也是一样，他想起那些鸡蛋就会心有余悸，顺风耳在一边也抖个不停。矮子精最怕鸡蛋，事实上他们所有的蛋都害怕，那些蛋是属于地上的东西，地面上是属于家禽的活动场所。尤其是鸡蛋，是他们闻风丧胆的东西。

但凡哪个矮子精被鸡蛋里的蛋白和蛋黄碰一下，他们就会萎缩，然后就会化成灰，被风吹走，除非那时候他能知道一句咒语，这咒语只有极少数的矮子精知道，所以拉格多和他的侍从才会一听到蛋就如此害怕。

“不过，此次的入侵者不包括多萝茜和黄母鸡。”矮子精国王说，“就算是蒂蒂蒂－胡乔，他也不会知道我害怕鸡蛋这件事。”

“对于这件事，你千万不能大意。”卡利科还在劝诫着，“蒂蒂蒂－胡乔不是一般的人物，他可是神仙，神仙知道的事情和神仙的法力，要远远大于我们的想象。”

拉格多对卡利科的劝诫已经完全没有耐心了，他不屑地转向顺风耳，“你再听听，管子里有没有什么鸡蛋滑行的声音。”

顺风耳认真听着，然后轻轻地摇了摇头。卡利科还在劝诫：“陛下，谁能听出来鸡蛋的声音？我看还是用魔法望远镜看一下吧。”

“是啊！”拉格多忽然惊醒一般，“我怎么没想到呢！快去，卡利科，你快去看看啊！”

卡利科来到了魔法望远镜的前面，说了一句咒语，望远镜就对准了他想要看的管子口。卡利科眯起一只眼睛，尽力望过去，他真的看见管子里有一群旅人正在滑行。

“老天！”卡利科惊叫道，“不得了了，陛下，来了一条龙。”

“多大的一条龙？”拉格多还算镇定。

“很大，很大。”卡利科形容着，“他尾巴上还绑着电灯，所以我能够清楚地看见他的背上载着那些入侵者。”

“有鸡蛋吗？”拉格多最关心鸡蛋的问题。

卡利科仔细看了看。“没有，一个影子也没有看见。”卡利科肯定地说，“但是我感觉这条龙比那些蛋还要危险，也许他就是蒂蒂蒂－胡乔派来惩治你的，因为你上次做的事实在莽撞。陛下，我多次提示过你，不要那么做。”

矮子精国王也很忧心忡忡，他看起来更焦虑了，所以他现在忘记发脾气了，只是捋着自己的白胡子，来来回回地在地上走着，他正在想办法。过了好久，他转过身来，对卡利科说：“我认为龙的武器不过就是爪子和牙齿，对不对？”

“陛下，我觉得绝不仅仅是这些，但是哪怕只是这些就已经非常要命了！”卡利科诚恳地说，“而且，我们没有任何办法去应对，龙是世界上现存的最强大的生物。他只要一甩尾巴，成百上千个矮子精估计就被埋葬了，用牙齿和利爪把我们撕成碎片，对他来说也是很简单的事。大概几百年前，我曾经在一个山洞里看见一群矮子精躺在那里，我便询问他们原因，结果我发现他们只是碎片。我问其中一个嘴巴，他告诉我是龙使他们变成这样的，撕碎的碎片也无法再重新拼凑了。他们遭到了龙的袭击，整个队伍都惨遭灭绝，七零八散的碎片到处都是，谁都找不到自己身体的其他部分，所以千百年来，他们一直都以碎片的形式躺在那里。你看，陛下，龙是多么不可轻视的力量啊。”

拉格多认真地听着卡利科的话，然后他说："既然蒂蒂蒂－胡乔已经下令让一条龙来这里了，而且他已经来了，那么我们现在只能想办法用锁链把他锁起来，这样他的爪子和利齿就没办法发挥作用了。"

"可是，陛下，他还会喷火！"卡利科忧心地说道。

"火有什么可怕的，所有矮子精都不怕火！"拉格多说。

"那么好吧，现在乌盖布的那支军队怎么办？"卡利科还是很担心。

"那个愚蠢的小姑娘和那些废物军官吗？或者你担心的是滴答人？"矮子精国王不屑地问。

"是的，我很担心。"

"啊，这些就是你多虑了，我说卡利科，这些人都不够我一个人打的，但是我绝对不会自己亲自动手，我要让我的军队来消灭他们，让他们知道矮子精士兵的厉害。如果谁被我活捉了，我就用针扎他们的身体，让他们尝尝痛苦的滋味。"

“但是求你放过那些姑娘！”卡利科说。

“不行，我要让她们都死在我手里！”愤怒的矮子精叫道，“尤其是那只蠢驴，我要把他的蹄子剁下来炖汤喝，把他的肉一块块割下来喂我的矮子精士兵！”

“陛下，我不明白，你为什么就不能把那个邋遢人的小兄弟放出去，然后好好招待这些陌生人呢？那样或许能避免战争。”卡利科还在争取。

“什么？你是疯了吗？”拉格多咆哮着，“那不可能！侍卫长，我看你是活腻了！”

“陛下，真的，那样做会让你轻松很多，而且那个丑陋的小兄弟对你来说用处也不大！”卡利科苦心劝诫。

“对，他对我来说是没什么用处，但是我太讨厌这些人对我有要求了。我是金属大王，是矮子精国王，是不容侵犯的，只要我高兴的事，我想怎么做都行，我想什么时候去做都行。”拉格多丝毫不动摇，而且他看起来已经相当愤怒了。

现在权杖又朝着卡利科脑袋飞去了，卡利科只得又趴在地上，躲避这致命的一击，可是顺风耳却没有防备，结果权杖把他的大耳朵削去了半截，他大声号叫着。拉格多这才发现他犯了一个大错误，因为顺风耳对他来说作用太大了，他听来的信息都非常有价值。

拉格多暂时忘记了卡利科的不敬，吩咐他赶紧把他的大将军嘎夫和大军召集过来，他要提前准备，全副武装，准备等那些人从管子里出来的时候把他们一举拿下。

第十五章

龙排除危险

这次管子里的滑行虽然时间比上次长很多，但是却比上次舒服很多，大家一点也没感觉到累，因为夸克思的善谈，大家也没觉得无聊。他们发现他是一条本性很善良的龙，而且听久了，他的声音也很有磁性，现在大家都把他当作了朋友，都非常友好地跟他交谈。

“我说，”邋遢人开朗地笑着说，“夸克思真是个好同伴，这一路上他都给我们带来欢乐，所以，我们已经是朋友了。但是如果你不是朋友的话，我真是受不了你的硫磺味啊，而且你还那么自高自大，不可一世，看起来也很凶。你要是敌人的话，估计也是个可怕的敌人。”

“哈哈，是的，你真有眼光。”夸克思又开始吹嘘自己了，“我想，我应该是个可怕的生物，我太开心你能发现我的不可一世，我也知道自己的优点。当然，我喷出的空气是有硫磺味，我也没办法，但是有一次我遇见了一个人，他呼出来的空气竟然有洋葱味，我也拿他没办法。”

“那有什么不好吗？”贝翠说，“洋葱味可要好闻得多。”

“那么我觉得硫磺味道也不错。”夸克思说，“我们既然是朋友，就不应该计较这些事情。”

这样说完，龙长出了一口气，他嘴里吐出的火焰大概有一百米那么长。这回硫磺味太重了，贝翠被呛得咳嗽起来，可是她忍着没有抱怨，因为她刚刚因为洋葱味跟龙讨论完。

他们谁都不记得他们走了多久，也没有想到这次旅行什么时候结束，只有一次贝翠说了一句：“我们到底还要多久才能到达洞底呢？邋遢人，你知道吗？到底哪里才是底呢？难道就是我们来的那个地方吗？”

“是啊，我也觉得很纳闷，”书夹乔说，“我们竟然能从两个不同的方向同时滑行。”

“我知道，”滴答人说，“这都是因为地球是圆的。”

“很聪明，铜人！”邋遢人说，“看来你的思想发条还很紧。贝翠，你知道有种东西叫地心引力吗？每件事物都被它吸引着，有时候苹果的降落，还有我们从床上滚下来，都是因为这个引力的缘故。”

“那我不明白，为什么我们每个人不是一直往一个中心的方向掉呢？”贝翠很疑惑。

“我希望没把你的求知欲勾起来，那样我就会没完没了地回答你的问题。”邋遢人有点后悔提这个话题了，“亲爱的贝翠，地球那么坚硬的外表，是不能让你穿过地表走向地心的，可是这个洞，看起来好像无限地接近地心了。”

“那为什么我们不会被地心深深地吸引，而留在那里呢？”贝翠问道。

“因为我们的速度啊，我们这样快，再大的引力也不会让我们停留的。”

“那我就不明白了，我思考得头都大了，而且特别疼。”贝翠又想了一会儿，“我想是这样的，地心有什么在吸引我们，但是同时又有东西把我们推开——”

“好了，贝翠，我想这个问题不能再继续了。”邋遢人说，“你以后会明白的，也说不定。”

“那现在你明白吗？”贝翠还是问道。

“我想，这个世界上的魔法不只在仙境里有，”邋遢人说，“自然各界都存在许多魔法，就是在美国，我们也曾经见过魔法，跟我们现在看到的几乎一样。”

“我从来不知道除了这里，哪里还有魔法。”贝翠说。

“因为你的生活让你习惯了，所以你才不觉得有魔法的存在。”邋遢人说，“比如你见到的一朵花的花开花谢，或者雷声前的闪电的光影，不觉得这些都很奇妙吗？还有我们那些产奶的奶牛，你觉得它们的身体里没有像滴答人一样的结构吗？或者——”

邋遢人还没说完，大家眼前出现了光亮，这种光亮完全不是电灯的光，而是阳光，四周已经不再黑暗。夸克思的爪子也不再挠着管子，他现在是在空中遨游，离地面足足有几百米高。他是倾斜着飞出管口的，等他降落下来的时候，他正好停在一个矮山的山顶，那山脚下正是矮子精拉格多的洞口。

夸克思停得太快了，以至于后面的几个军官都从座位上颠了下来，不过其他人都只感沉到轻微的震动。现在大家重新回到这片土地上了，心情都很愉快，他们像是阔别很久的游子一样，回到了自己的领地，一切都是

那么熟悉。他们四处张望着。但是他们发现，当他们从夸克思的身上下来的时候，这条龙身上的座椅就都不见了，大概现在用不到它们了吧。整个龙的身体呈现在大家面前，阳光照耀下，银鳞闪闪，有湛蓝色的光泽，看起来真是很威武。龙头上戴的缎带以及脖子上的项链和金盒子都还在，贝翠说这些都是他自己爱美的装饰。

矮子精国王拉格多已经把大军都布置在管口了，他们想等这些人出来的时候就把他们一网打尽。矮子精将军嘎夫率领着成百上千的矮子精士兵在这里严阵以待，但是他们万万没想到，这条龙出来的时候会腾空飞起。等到他们揉着眼睛看清周围一切的时候，这条龙已经在他们头顶上的矮山顶上了，而那些入侵者也在山顶上俯瞰着这群矮子精。

嘎夫将军非常生气，这样就让对手轻易逃脱他布下的天罗地网，他实在是懊恼，他觉得自己还是考虑得不够周全。

“愚蠢的敌人，下来，赶紧俯首称臣。”嘎夫对着山顶大叫着，挥动着他手里的宝剑。

“你们就上来吧，如果你们谁想来送死的话！”安女王在上面颐指气使地喊道，她此刻已经把滴答人的发条上得紧紧的，这样一会儿他就能精神饱满地去作战了。

嘎夫对一个小女孩的挑衅实在是忍无可忍，他号叫了一番，然后对他的矮子精士兵下达了第一道命令。于是他们手里的武器都变成了长矛，密密麻麻的长矛凌空飞向了敌人。

此刻，夸克思忽然把身子在大家面前伏下去，替所有人把长矛挡住了，要知道他的那些鳞片可是最好的盾牌，所以，所有人，包括汉克这头驴子都毫发无损。长矛士兵的出击一点都没有效果，这些长矛都飞回了矮子精的手里，他们也没再飞出长矛，因为老奸巨猾的嘎夫知道这一切都是没意义的。

现在安女王等不及了，她命令将军出兵。将军们喊道：“前进！”上校、少校、上尉们都重复了这一命令，乌盖布最英勇的军队的唯一士兵——滴答人将要出去作战了。他快速冲向矮子精军队，贝翠和七彩这个时候使劲

喊着，为滴答人助威，汉克也发出了“唏——嚎”的吼声，邋遢人喊着“冲啊”，安女王也不停地跺着脚喊道：“前进，冲啊，杀啊！”

不等铜人出击，那些矮子精一转眼已经消失不见，他们都吓得跑回了地洞。他们也太胆小了，并没有等到滴答人的进攻。其实滴答人走了没多远，就被脚下的石头绊倒了。他趴在地上，爬了半天也没爬起来。他在地上大声喊着：“扶我一下，扶我一下，快扶我一下。”邋遢人和书夹乔赶紧跑过去，把他扶起来。

龙这时候看着滴答人，不停地在嬉笑着，他觉得滴答人简直太可爱了，也太笨拙了，但是现在没人关注他。

安女王和那些军官看到敌人躲起来了，没仗可打，认为必须把敌人找出来。要找出敌人，就必须进入那矮子精的地洞，进去之前必须要召开一个紧急会议。

“你难道不让我去执行消灭拉格多的命令吗？金睛是这样交代的，你难道不考虑一下吗？”夸克思建议道。

“用不着！”安女王说，“凭我们乌盖布军队的神勇，还轮不到你。现在只要我们能够进入山洞，就能征服拉格多和所有矮子精。”

“好像没有你说的那么轻松，我可爱的女王。”夸克思说着，闭上眼睛养起神来，“不过，你还是先去试试吧，我在这里等你们出来。我不着急，我活了几千年，这几天算什么，在你们来求我之前，我还是安心睡觉比较好。”

这番话彻底把安激怒了。她厉声喝道：“你赶紧从我眼前消失，回到蒂蒂蒂－胡乔那里去！你看不到吗？现在矮子精王国已经被我征服了。”

“我还是等等吧，我不愿再跑一趟！”龙说完就开始睡觉了。

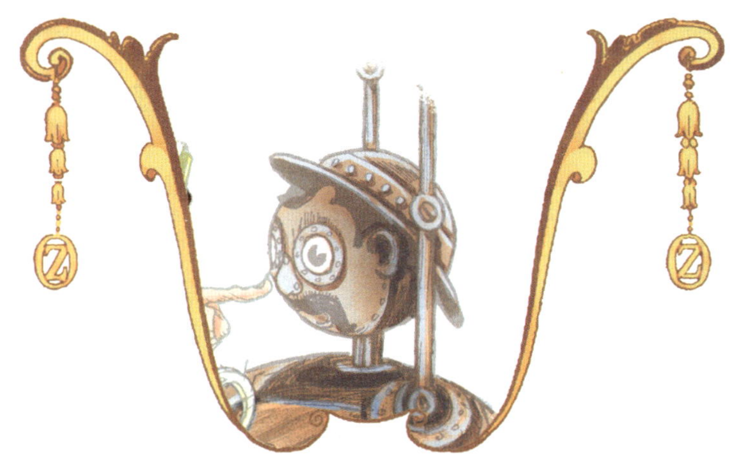

第十六章

邪恶的矮子精

在安女王和夸克思唇枪舌剑的时候，所有人都没出声，就连邋遢人也保持着沉默，因为他觉得这一切都不用争，他觉得只要他在关键时刻掏出“爱的磁铁”，那一切困难就迎刃而解了，因为矮子精们和玫瑰花不同，他们都有心，只要有心，难道还有谁能逃过“爱的磁铁”的召唤吗？所以，他有把握征服那些十恶不赦的矮子精。

其实邋遢人一直担心的是找不到矮子精的洞口，现在洞口就在眼前了，那就没什么能够阻止他去救他的兄弟了。他心里想着这一切，就不在乎安与龙的争辩。邋遢人会让他们每个人都去试试自己的本领，如果他们都失败了，那么他再拿出法宝也不迟。

安女王现在信心满满，她觉得无论如何自己也不会输掉的，因为她的王家军队是无所不能的。她把军队召集在一起，告诉他们如何行动，如何派遣滴答人去作战。

“记住，你的枪只有在关键的时刻才能开！”安嘱咐着，“因为我讨厌残酷的流血事件，所以不是非开枪不可，千万不要用它。”

“遵命，女王陛下！”滴答人回答，“不过我觉得，即便是我把拉格多打成筛子，再把他放进榨汁机里，他也不会流血的。”

现在女王的军队开始整队，四个将军站在第一排，接着是四个上校，然后就是四个少校，最后是四个上尉。

他们都拔剑命令滴答人前进，滴答人领命之后，就出发了。虽然他在坑洼不平的岩石路上绊倒了两次，但是等他走上平坦的道路时，他已经走得很顺畅了。他一刻也不停息地走着，直接走进了黝黑阴暗的山洞里。安女王和军官们在他后面昂首挺胸地前进，剩下的人跟这支军队保持了一定的距离，他们不知道接下来会发生什么。

矮子精国王当然已经做好了万全的准备，事实上，他正在等待这支军队的到来，因为他早就准备好一个巨大的陷阱。平时这个陷阱被一个巨大的盖子盖着，现在拉格多已经去掉盖子，而这支前进的部队，根本就看不见这样一个陷阱口。

其实从一进去，就差不多是陷阱的范围了，除非紧紧贴着墙壁，否则任谁也都要掉进陷阱的。滴答人却在黑暗中发现了陷阱的所在，他贴着洞壁走了过去，成功地避开了这个陷阱。可是军官们却不知道怎么回事，他们笔直前进，然后无一幸免，都掉进了陷阱里去。安女王也是如此，她还没弄清怎么回事，高昂着不可一世的头大步走着，然后就掉了进去。等他们掉进去以后，矮子精士兵按下了一个开关，盖子又盖上了。现在乌盖布傲慢的小女王和她引以为傲的王家军队都成了矮子精国王拉格多的俘虏。

滴答人却一直走进了山洞，他看见了宝座上的拉格多，说：“我现在是乌盖布的士兵，我代表乌盖布女王安·索福思来征服你，现在你已经成为我的手下败将。”

拉格多哈哈大笑地看着他，一脸嘲讽的表情。

“可是你的女王呢？我还没来得及看到她啊！”

“她马上就会出现，”滴答人说，“现在她可能由于什么小事耽搁了。”

“你说什么梦话呢？滴答人！”拉格多说，“你可爱的女王已经成了我的

囊中之物，她和她的王家军队都落入了我的手里，成为我的奴隶。你能告诉我你想怎么办吗？”

“那我不管那么多！我的任务就是要征服你，”滴答人说，“我现在足以自如地工作，我知道该怎样做。”

拉格多狠命地把大锣敲响，卡利科和嘎夫将军来了。

“这个铜人还可以工作，把他带到劳动间去，让他去铸造金子！”拉格多发狠地说，“他不会偷懒，机器人没有那种思维，所以他应该是个最好的劳工。他本不该存在于世，但是他既然出现了，就为我所用吧！”

“如果你不主动投降，”滴答人说，“那就别怪我不客气了！”

“千万别！”嘎夫将军大叫道，“你所做的挣扎都是没有意义的，或许你还会伤害到其他别的人！”

可是滴答人根本不听他说什么，将枪举起来对准了拉格多，矮子精国王不知道这枪的威力到底多大，惊恐地看着他。

就在铜人和矮子精国王对峙的时候，贝翠和汉克悠闲地走进了洞穴。小姑娘已经等不及了，她实在想知道里面发生了什么，所以就带着汉克跑

进来看个究竟，现在她正坐在汉克的背上。

“滚出去！”矮子精国王咆哮着，“你竟敢带着一头畜生来我伟大的宫殿，你们怎么这么没礼貌，不知道等待通传吗？”

“也没人传我啊！”贝翠回答，“我觉得你这里肯定忙得不可开交，我就自己进来了。怎么，你还不投降吗？”

“滚！”拉格多咆哮着，他快气疯了。

“你有东西可以吃吗？我现在饿极了！”贝翠说，“我们要征服你，这也不是简单的事，我在外面等了太久，可是结局出现得太慢了，还是给我点吃的吧！”

贝翠的话让矮子精们很是惊愕，以至于他们都不知道怎么接她的话才好。好半晌，矮子精国王反应过来，咆哮道：“你这不知天高地厚的死丫头，你今天的这番话就是你必死无疑的罪证。一个再普通不过的小爬虫，你竟然如此蔑视本大王，我看你是活得不耐烦了，你看不到结局了，因为你马上就会死了。”

“我觉得你不会那么做。”贝翠从汉克的身上跳下来，非常镇定地说，“如果一个自称大王的人，把来访的人饿着肚子就杀死了，那还算什么大王，说出去不怕人家笑话你吗？如果你能给我一些吃的东西，我倒是可以跟你谈谈杀人的事，但是现在我觉得在那之前你还是不做这个决定的好！”

这番话还真是打动了矮子精国王，他虽然生平最痛恨的就是凡人，但是这个小姑娘的临危不惧却让他产生了好感。

“别废话，说，你想吃什么？”矮子精国王问。

“哦，这个嘛，让我想想，我想吃一个火腿三明治，还有两个煮得比较老的蛋——”

“蛋！”在场的三个矮子精听到这里，忽然浑身发抖，抖得牙齿都打起架来。

“哇，你们这是怎么了？”贝翠有点纳闷，刚刚还好好的三个人，怎么听到她吃的东西就这样了，“怎么，蛋，对你们来说是不能吃的吗？”

“嘎夫！”矮子精国王实在无法忍受这个无知的小女孩了，“把她拉下去，带到泥泞洞锁起来。愚蠢得不可救药的人就该立马处死。”

嘎夫看了看滴答人黑黑的枪筒，有点不敢下手。卡利科看出了嘎夫的担忧，他悄悄走到滴答人的身后，用力在他的膝关节踢了一脚，铜人忽然失去平衡，一只腿先是一屈，然后整个人跌倒在地上，枪也甩出去好远。

嘎夫看见滴答人摔倒了，就一个箭步上去抓住了贝翠，可是驴子汉克看见了，飞起一脚，正好踢到了老矮子精的腰带扣，这个老矮子精像一颗子弹一样飞了出去，正好击中了矮子精国王。巨大的冲击力让两个矮子精同时撞进了地洞的墙壁，然后他们一起掉了下来，这一下两个老矮子精都眼冒金星，头晕目眩，瘫在那里。

卡利科低声对贝翠说：“小姑娘，跟我来，我救你出去！”

贝翠看着卡利科的脸，有点犹豫不决，可她觉得卡利科一脸真诚，看上去是真心的，再说现在也没有别的办法，所以她就跟着这个矮子精的侍卫长走了。卡利科把贝翠带进了一个通道，拐了几个弯，他们到了一处非常舒适的所在，那里摆设雅致清新。

“这是我的房间，不要怕，你就在这里好好待上一会儿。”卡利科说，“我去给你弄些吃的东西，你先稍微等一会儿。”

卡利科回来的时候，手里端着托盘，上面有烤蘑菇、一条矿物面包和一杯汽油黄油。贝翠看了一下，汽油黄油她是没法喝的，但是她觉得矿物面包和烤蘑菇都美味极了，她心里对这个矮子精产生了好感。

“这是钥匙，可爱的小姑娘，”侍卫长说，“你最好把自己反锁在里面。”

“哦，谢谢你。可是我有个请求，可以吗？”贝翠看着侍卫长。

“当然，你说吧。”

“我想让彩虹的女儿来这里陪我，哦对了，还有玫瑰公主，可以吗？”贝翠恳求道。

“我尽力吧，她们都在哪里？”侍卫长问。

“我也不清楚，刚才她们在山洞外面。”贝翠说。

“好，我去试试看，如果你听到三声敲门声，你就开门。”卡利科说，

“如果敲门声不是三下，你可千万不能开门。”

“好，我记住了！”贝翠答应着，侍卫长一走，她就站起身来，把门反锁上了。

现在，安女王和她的军官们在陷阱里大吼大叫，但是外面一点动静都没有。他们每个人都口干舌燥，喉咙发紧，可是却没有一个人来。陷阱里不仅看不见人，还到处都湿乎乎的，墙壁很高，盖子又盖着，他们连爬都爬不出去。安女王刚刚掉进来的时候，十分生气，就开始抱怨，在后来她已经绝望了；她的军官们则抱成一团，瑟瑟发抖。现在，他们完全没了斗志，只盼着能早日回到自己的家乡，去做自己应该做的事，打理自己的果园。后来他们中的几个开始埋怨女王，埋怨她把自己带到这种地方来。

安十分低落，也很颓废，她的身体挨着墙壁滑坐到地上，可是无意中，她竟然碰到一个开关。接着吱嘎一声，墙壁上出现一个石板，向里面滑进去，安直接倒在了石板上。等她反应过来的时候，她忽然开心地叫道：“有救了，有救了，这是一条通道！快点，我的军官们，我们还有可能从这里逃出去。”

说着，她就顺着石板爬进去，虽然这里面又暗又潮，但是想要出去的心顾不了那么多，所有人都挨个爬了出去。他们一刻都不停止，记不清爬过多少个弯道，也记不清经历了多少螺旋，就像在迷宫里一样。

“我想，我们只不过是从一个陷阱进入了另一个陷阱，这里是没有尽头的。”军官们想要放弃了，他们的膝盖都被磨掉了一大块皮。

“不要泄气，一定会找到出口的。”安给大家鼓劲，“要不然没有道理挖这样一条回环曲折的通道。要是不爬，也就只能待在陷阱里。”

安说着继续向前爬去，军官们也只好跟着她，他们在地下通道里艰辛跋涉，站在洞外面的邋遢人、彩虹女儿、书夹乔和玫瑰公主有点心急了，他们不知道为什么到现在还没有结果。

第十七章

悲惨的变形

“不要着急。”邋遢人说，“以我对滴答人的了解，他是个慢性子，做起事来特别不着急，所以他要按照女王的命令去打败和征服矮子精国王还是需要一点时间的。”

“可是他们会成功吗？”玫瑰公主担心地问道。

“事实上，我觉得他们成功的机会不是很大。”邋遢人诚恳地说，“因为矮子精国王并不是一个好对付的家伙，更何况他还有一大批矮子精士兵。那些士兵可都是精兵强将，我们女王带过去的军官却很软弱和无能，滴答人又是一个机器人。”

“对啊，其实只要夸克思一个就够了。”七彩说着，还翩然起舞，她觉得有点冷，跳舞能让她感觉暖一点，“不过夸克思也有他的考虑，如果他首先去把拉格多征服了，安就永远都不知道自己的狂妄自大有多可笑了。”

“可是，这条龙呢？他现在哪里？”玫瑰公主奥兹玛问。

“他在上面的岩石上睡觉啊。”书夹乔说，“哦，亲爱的，从我这个角度

看，就能看到他了。刚刚他说，在安征服拉格多的期间，他要睡一会儿。他还说，如果大家有什么不测，他马上就会出现的。对他来说，征服拉格多是最简单不过的事情，因为金睛已经交给他这个任务了。”

“夸克思本心很好，”邋遢人说，“但是我想可能根本用不到他吧，因为只要安女王和滴答人败下阵来，我就会拿着我的磁铁进去。我想任何一个矮子精看到我的磁铁都会臣服，所以征服他们应该是很简单的事。”

此时此刻，嘎夫和矮子精国王已经清醒了。他们先被踢到墙壁上，然后摔下来，接着他们清醒过来。他们立刻找了块大石头，压在了滴答人身上，让他没法翻身。然后他们还把铜人的枪藏在了角落里。拉格多让嘎夫去把顺风耳找来，顺风耳准确无误地听到了邋遢人之前说的这番话。尽管顺风耳对拉格多拧坏他的耳朵耿耿于怀，但他还是必须遵照拉格多的命令，因为格拉多是他的国王。所以，他把邋遢人的话讲给矮子精国王听。拉格多马上就变得不安起来，因为他知道那块磁铁的威力，如果他真的看见了那块磁铁，那他心中的恨就得变成爱，这样一想，他简直是害怕到了极点。拉格多因为仇恨才能存在，因为仇恨才能快乐，所以他把心中的仇恨看得比什么都重要。

“太可怕了！”矮子精国王说，“我宁可被征服，失去这里的一切，也不愿意把心中的仇恨变成爱，那太可怕了。现在怎样才能把他兜里的那块磁铁除掉呢？”

卡利科这时回到了这里，他听了这番话后，还想要为他的大王排忧解难，于是他说：“我想，如果邋遢人的手脚都被捆住，那么他就没机会从兜里拿出那块磁铁了。”

“啊，太好了，侍卫长！”拉格多高兴了，“我怎么就没想到这个办法呢？马上集合十二个矮子精士兵，让他们带着绳子，等邋遢人一出现就把他捆起来。”

卡利科去做了。也是这个时间，洞外的小伙伴们开始不安起来，他们觉得时间过去太久了，里面的伙伴不知道怎么样了。

“那些乌盖布人倒是无所谓了，”七彩不再跳舞了，神情变得很严肃，还有些不安，“他们估计是不会被杀死的，因为他们来自奥兹仙境，就算他们被拉格多抓起来，备受折磨，也不过是吃点苦头，也不会死的。但是贝翠和汉克则不同，他们都是凡人和平凡的动物，贝翠一点魔法也不会，一旦被拉格多抓住，她是最危险的。”

“你说得对，”邋遢人说，“可爱的贝翠确实是很危险，我可不想她出任何问题。我一刻都不能等了，我得马上进去看看。”

“我们跟你一起去，”书夹乔马上说，“因为你的磁铁会让矮子精国王的头脑变得清醒的。”

这几个伙伴决定进山洞了，邋遢人走在最前面，其余人都跟在后面。他们一点也没想到会有什么危险，所以当邋遢人在兜里摸索他的磁铁的时候，黑暗中飞来一根绳子，立刻把他绑了个结结实实。邋遢人一点也动弹不了了，就连他的手也放在口袋里拿不出来了。这时几个矮子精士兵嬉皮笑脸地走出来了，他们把绳子拉得更紧一些，带着俘虏走向矮子精国王的宫殿。他们看都不看身后的书夹乔和玫瑰公主，因为根本就不把他们放在眼里。但是这些朋友却不会舍弃自己的朋友独自逃生，他们都跟着邋遢人

走着。他们希望还有机会把他救出来。

七彩却在这个时候转身向洞口跑去了，因为她要去叫醒那条睡觉的龙。她身姿轻盈，几步就跳到岩石上，然后一块接着一块岩石地跳着，很快来到了矮山顶，停在了夸克思身边。她看见那条龙还在沉睡。

“夸克思，快醒醒！”七彩着急地喊，“他们都遇到了危险，现在你要出动了！”

可是这条龙看起来还是一动不动，他睡得真是太沉了，巨大的眼睑都快搭到地上了，七彩看到他的眼睑上都是鳞片。七彩若不是仙女，就会乱了阵脚，但她知道这条龙只是沉睡，而不是死去了，因为她注意到他身体的起伏。她随便找了块石头，使劲敲击着龙的眼睑。

“拜托，夸克思，快点醒醒吧。”七彩央求着。

但是显然龙并没有感觉到。“老天，这是怎么了，到底怎样做才能把一头沉睡的巨龙唤醒？他还有心情睡觉，可我的朋友们都遇到了危险啊！”

七彩着急地站起身来，在龙的身边走来走去。她仔细观察着，想要找到一个能让龙有感觉的部位，如果猛击那个部位或许会弄醒他也说不定。

但是七彩转了好几圈，发现这条龙在睡觉的时候简直把自己保护得无懈可击。蓝光闪闪的鳞片甚至比犀牛皮还坚硬，四只爪子都缩进了身体底下，下颚搭在地上。

七彩叫不醒这条熟睡的龙，她绝望了。但是她心里还是惦记着她被矮子精国王带走的伙伴们，所以她又重新跳下一块块岩石，走进了矮子精的地洞。

七彩看见矮子精国王拉格多坐在宝座上，姿态很悠闲，嘴边还叼着一个烟斗。他宝座后面站着卡利科和嘎夫将军。宝座前面是玫瑰公主、书夹乔和邋遢人。滴答人还在地上躺着，胸前压了一块大石头。

拉格多现在觉得人生真是快乐极了，他把入侵者一个个都抓来了，而且都这样轻松，丝毫没有费力气。虽然邋遢人有那块可怕的磁铁，而且磁铁也近在咫尺，但是邋遢人没办法从口袋里掏出它来，所以没人能奈何得了拉格多。那头可恶的驴子汉克和那个知道鸡蛋的讨厌的小姑娘也被他关

进了泥泞洞，那个傲慢愚蠢的安女王和她的王家军队现在也深陷囹圄，一切的一切，都在他的掌控之中。就像其他的矮子精士兵一样，拉格多根本就没把书夹乔和玫瑰公主放在眼里，但是为了保险起见，他还是命人给他们戴上金手铐，这样，再没什么人能给他制造麻烦了，拉格多开心地狞笑着。

他嘲笑那些来侵犯的人，嘲笑他们的无能，嘲笑他们的懦弱，嘲笑他们的卑微，可是这时，七彩姑娘像一道绚丽的虹霓一样闪身走进地洞。

“哟呵！难道是彩虹光顾我的地洞了吗？”拉格多高声问道，他用那暴戾的双眼上下打量着七彩，渐渐坐正身子，整理了一下衣服上的褶皱，捋着胡子说，“看起来，你是个非常可爱、魅力无穷的美人儿，我觉得你应该是个仙女吧？”

“是的，我是彩虹的女儿，我叫七彩。”七彩看都不看他一眼，高傲地回答。

“你的美丽让我倾倒，”拉格多眯着眼睛笑道，“我对你很有好感，但是我恨其他所有人——除了你，美丽的姑娘，你愿意陪我一直住在我这个豪华的宫殿里吗？你目光所及之处，都是世界上最珍贵的珠宝，它们也都有着各种各样的色彩，而且我会每天命人给你送不同的礼物，当然还有最新鲜的露珠给你喝。你留下来，成为我的王后吧。只要你愿意，这里的一切都是你的，你可以随意惩罚任何人，只要你开心！”

“请允许我谢谢你的好意。”七彩大笑着，笑声还是那么动听，“我是天上的仙女，之所以来到这里，完全是由于失误。不过，拉格多，我想问你，你为什么绑住我的朋友们？”

“他们竟然敢冒犯我，”拉格多说，“他们愚蠢到不知道我有多厉害。”

“那么现在他们都知道你的厉害了，”七彩商量着说，“你是不是可以放他们一马，让他们回到属于他们自己的地方呢？”

“我恨他们，他们做错事了总要受到惩罚。不过，既然是你提出来，我可以跟你达成一个协议，如果你愿意留下来陪我，我将放了这里所有的人，让他们获得自由。你以后就是我矮子精拉格多的人，如果你愿意，你可以是我的女儿、妻子、祖母、婶婶，或者什么都行，只要你愿意。只要你答应我不走，只要你能让我的灰暗的王国大放异彩，我就什么都答应你！”

七彩听了这番话，感到很诧异，她转向了邋遢人：“你确定他没见过你的磁铁吗？”

“是的，他没见过。”邋遢人诚恳地说，“可是七彩姑娘，或许你本身就是一块爱的磁铁。”

七彩又一次大笑，她转向拉格多：“如果我在你的国度里陪在你的身边，那我救我的朋友干什么？生活在你这样邪恶的怪物身边，我想，过不了多久，我也会变得邪恶了。”

“难道你是忘了吗？我可爱的姑娘，”拉格多阴着脸说道，“你现在可还在我的掌握之中啊。”

“你想得不对，拉格多。彩虹的女儿不是什么怪物能控制得了的。”七彩镇定地回答。

“把她给我抓起来！”拉格多终于受不了了，嘎夫将军马上跳起来想抓住七彩。七彩丝毫没有动，可是嘎夫抓她的时候却抓不到。再看时，彩虹的女儿已经到了宫殿的另一头，像最初一样带着浅浅的笑意，看着拉格多。

嘎夫还是不死心，他跳来跳去的，像个小丑，却始终都抓不住这个美丽的姑娘。拉格多也从宝座上跳下来，想要亲自抓住他的心上人，可是七彩快得就像一道道彩色的闪电，忽上忽下，忽左忽右，忽东忽西，飘忽不定。看到拉格多和嘎夫狼狈的样子，所有人都爆发出开心的大笑。

过了一会儿，他们放弃了这个愚蠢的想法。拉格多回到了宝座上，不住地用金丝帕擦拭着额头沁出的汗珠，他没想到这个姑娘还是有点本事的。

“现在，可以放了他们了吗？”七彩停下来，问道。

“放了？开什么玩笑，你刚刚的表现让我更加恼火！”拉格多叫道，“行刑队呢？叫他们过来！”

卡利科马上去传召了，很快来了二十个矮子精。这些矮子精的面容非

常狰狞恐怖，他们还带来了好多刑具，有金色的大钳子、银色的大锥子、巨大的夹钳，还有见都没见过的刑具。这些刑具都是用上好的金属打造的，上面还镶嵌了好多宝石。

“潘格！你首先去把陷阱里那个狂妄的小女王和她那些懦夫将军拉出来！”拉格多说，“我要你当着这些人的面，对他们进行严刑拷打。我想这将是一场非常出色的演出。”

“遵命，我的陛下。”潘格答应着，就带着他的矮子精士兵向地洞中的陷阱跑去。但是没过一会儿，他又回来了，低声对拉格多耳语着：“陛下，他们都逃了。”

“逃了？”拉格多这一惊非同小可，“怎么可能呢？会逃到哪里去呢？”

“陛下，他们没有留下任何线索，”潘格说，“可是陷阱里确实一个人影都没有了！”

“废物，这是谁干的？”拉格多暴跳如雷，“谁打开了陷阱的盖子？”

“没有任何人，陛下！”潘格说，“陷阱的盖子完好无缺地在那里呢！”

“好吧，”拉格多说，“既然这样，那你去泥泞洞把那个凡人小丫头和那头蠢驴拉出来！我要让他们看看忤逆我的下场！现在，卡利科，你赶紧带上一百名矮子精士兵搜查逃犯，就是那个乌盖布的女王和她愚蠢的军官们。卡利科，如果你找不到他们，我就要对你严刑拷打。”

卡利科走出了宫殿。他此刻非常悲恸，因为他知道矮子精国王向来如此，他残酷的性格永远不会改变，而且从未公正对待他。但是因为他是国王，所以卡利科一定会按照他的吩咐去做。

潘格此刻带着行刑队，向泥泞洞的方向走去，可是，当他们回来的时候，没有带着贝翠·鲍宾，也没有驴子汉克。

“陛下，跟刚才一样，泥泞洞也是空无一人！”潘格如实禀报。

“什么？这是开玩笑吗？”拉格多简直疯了一样尖叫着，“在我的王国里竟然会接二连三地让罪犯逃跑，这成何体统！潘格，你确定你有认真找吗？”

“是的，陛下，属下认真搜索过了，泥泞洞里空无一人！”潘格老实地回答。

拉格多陷入了沉思，他迅速思考着问题出现在哪里，可他找不到答案，这个情况让他更加恼羞成怒。他用狰狞的眼神扫视了一下身边站着的这一群人，说：“好吧，既然那小姑娘和驴子不见了，至少还有你们，你们可是逃不出我的手掌心。让我仔细看看，滴答人躺在那里碍手碍脚的，压着大石头也不能解我心头之恨。潘格，把这个铜人扔到熔炉中去，让他变成一摊铜水。”

卡利科现在带着一百个矮子精士兵回来了，看到这一幕，说：“陛下，你难道忘记了滴答人是一个非常稀有的机器人吗？他如果能够为你工作，那可是不可多得的劳动力啊，你怎么舍得让世界上少了这么好的劳工呢？”

“闭嘴！卡利科！”拉格多红着眼睛叫道，“你再多说一句话，我就把你一起扔进熔炉中化掉。现在我非常讨厌你，我在考虑把你变成一个土豆，然后把你炸成薯片。那么下一个会是谁呢？”他又看了这群人一遍，缓和了一下语气，“那就邋遢人吧，他既然有那个该死的磁铁，我就把他变成一只鸽子，然后可以让滴答人拿他当作活靶子练习射击。啊哈，我就是个天才，这样的安排简直太有趣了，你们可以都看看啊，我的袖子里可是空空如也！”

他站起身来，走下宝座，停在邋遢人身边，伸出他鸡爪子一样的手，手心向下，在邋遢人的头顶上画了几个半圆，然后用含糊不清的声音念着咒语：“艾迪，一迪，艾迪，奥迪，尤迪，哦——一——哦！爱都，爱多，爱迪，爱得，乌喝！”

咒语一念完，邋遢人就消失了，眼前出现一只美丽的鸽子，它的翅膀被捆缚着，躺在地板上扑棱扑棱地挣扎着。拉格多示意潘格把绳子剪开，潘格拿来一把剪刀，绳子断了，鸽子获得了自由，立刻飞起来，在玫瑰公主的肩膀上落下了，玫瑰公主温柔地安抚着它。

“哈哈，看吧，我说什么了，你们不要跟我作对。”拉格多开心地拍手，“邋遢人就这样变成鸽子了，你们谁还要试试呢？”

这也只是矮子精国王拉格多能做出来的事情，如果他不是生活在暗无天日的地下洞穴，如果他在一个其他国度肆意用着这可怕的咒语魔法，那他一定会受到很严厉的惩戒。

七彩看到这里，忽然意识到大事不妙。邋遢人惨遭毒手，接下来一定是书夹乔和玫瑰公主，滴答人或许真的会被放在熔炉里化掉。她迅速转身跑出了山洞，决定试着再去叫醒夸克思。

第十八章

一次聪明的征服

夸克思仍然在睡觉，而且睡得很香甜，还打起了呼噜，那呼噜声就像打雷一样。七彩真的很无奈，甚至有点绝望，她觉得如果夸克思再不醒来，她所有的朋友都会遭遇毁灭性的灾难。于是她再次来到这条龙的头前，看见了那个金色的盒子，她愤怒地使劲晃动着那个金盒子。

可没想到的是，夸克思竟然真的有了点反应，他的大眼睑动了几下。七彩受到了鼓舞，更加使劲地摇晃起金盒子，夸克思的超大的眼睛终于睁开了。他看见了七彩，睡眼蒙眬地说：“怎么了，小姑娘？”

“快起来！”七彩焦急地喊道，“出大事了，拉格多把所有人都抓起来了，他们都要遭到杀害了。”

“哦，这个事啊，”夸克思说，“我早就猜到了。小彩虹，你让开点，我怕伤到你，我现在得立马就去那个矮子精的山洞，再晚就来不及了。”

于是七彩马上退出好远，夸克思一眨眼工夫就进入了山洞的通道，之后他的头就到了拉格多的山洞里。

可是拉格多早就知道这条龙会出现，他已经布置好一切，等着这条龙束手就擒。所以，夸克思的头刚刚伸进房间，就被一根大锁链锁住了，这根锁链套住了夸克思的脖子，然后两边好像有什么机关一样，锁链马上拉紧了。夸克思看了一眼，原来是上千个矮子精都拉着锁链呢，就是为了防止夸克思向矮子精国王进攻。锁链不仅锁住了他的脖子，也困住了他的牙齿和爪子，他的身体也没法动弹，此刻就连他的大尾巴也用不上了。

拉格多见到成功锁住了龙，别提有多高兴了。在七彩出去的那段时间，玫瑰公主已经被变成了一把小提琴，而正当矮子精国王想把书夹乔变成一张琴弓的时候，龙进来了，书夹乔才躲过一难。矮子精国王高声说："欢迎你来到了这里，伟大的夸克思，请恕我不能以一般的待客之道对你。现在请你看一下我的小魔法，书夹乔和滴答人马上就会变形了，之后我也可以把你变成一条小蜥蜴，让你会变色。你以后就和我住在一起，我每天都会逗耍你。"

"怎么办，陛下，我现在没法满足你这要求呢！"夸克思平静得让矮子精吃惊，“我觉得你现在没法变出任何魔法呢！”

“哦，那是你还不知道我的厉害吧！”拉格多国王说。

“哦，我不认为你说得对，拉格多，你看见我脖子上的粉色缎带了吗？”夸克思慢慢地说道。

“哈哈，我还说呢！”拉格多大笑，“什么蠢物戴的东西，怎么你也会喜欢这些？”

“你确定吗？你看清我这条缎带了吗？”夸克思带着嘲讽的笑意说。

“是啊，我看得很清楚，你戴着它不知道有多难看！”拉格多傲慢地说。

“那么很好，现在你的魔力全都消失了，你将像一只蛤蟆一样一无是处。”夸克思肯定地说，“我的主人蒂蒂蒂－胡乔知道你是多么无赖，他在我来的时候，就已经把这缎带施了魔法。只要拉格多你胆敢看一眼我的缎带，你就会丧失全部的魔法，而且你的那些害人的咒语也将从你的坏脑子里消失。”

“哈哈，你这是疯了吗？蠢龙！”拉格多揶揄着说，“你这话哄三岁的小孩去吧，我可不信！”但是实际上，拉格多已经有点心虚了，于是他很快转向书夹乔，对着书夹乔念念有词，可他无法想起那咒语的内容，也没法知道咒语的手势。他不服气地一遍一遍地试验，还是失败了。

现在，矮子精国王拉格多终于相信了夸克思的话，他已经开始浑身发抖了。

“我曾经警告过你，陛下，可你偏偏不听。”卡利科说，“蒂蒂蒂－胡乔的命令你是必须遵守的，你瞧，落到今天的下场。”

拉格多听后非常恼火，他把他的权杖掷过去，卡利科还是像每次一样，灵活地躲过去了。但是，拉格多并没有放弃，他还做着最后的挣扎，他装腔作势地说：“好吧，现在我放弃魔法，我还可以用武器来征服那些入侵者，我毕竟还是矮子精国的国王，我是这个地下洞穴的主人！”

“对不起，拉格多，你已经不是这里的国王了，”夸克思说，“因为我来的时候，金睛命令你离开这里，到地面上去生活，让你一生漂泊和流浪。现在你不属于任何国家，不属于任何地方，你就是一个流亡的矮子精，你

也没有任何一个朋友。但是金晴答应可以给你一点盘缠，让你能够装满你的两个口袋，但除此之外，这里的一切都跟你无关了。”

拉格多此刻还没有回过神来，他张着嘴巴，吓得失去了思考能力。

“难道蒂蒂蒂－胡乔真的这样狠心吗？”他的嗓子都哑了。

“是的，但是这个决定真的不是狠心，而是很公正！”夸克思说。

“难道仅仅是因为我把几个入侵者扔进管子吗？”矮子精拉格多悲伤地说。

“对，这就是原因。”夸克思已经有些不耐烦了，粗暴地回答。

“哼，这不可能，我不服气，就算是那个老不死的金晴，也不能强迫我这样做。”拉格多咆哮着说，“谁也不能阻止我，我就是这里的国王，我要统治所有的矮子精，直到我死了为止。我从来没瞧得起蒂蒂蒂－胡乔，更看不起为他做事的你们这些蠢龙。我已经把你锁起来了，你还能拿我怎么样！”

夸克思不再说什么，他脸上浮起浅浅的笑，但是这笑容让拉格多看了很不舒服，因为他看出了笑里面的冷酷、无情还有决绝，这使得矮子精国王非常害怕，现在他浑身冰冷，牙齿不停打战。

虽然这条龙现在是被锁住了，可拉格多一点也没觉得安全，尽管他虚张声势地胡吹了一番，但是他无时无刻不在防备着这条龙。他死命地盯着龙的眼睛，只看到了绝望。他的心被恐惧攥紧了。

现在夸克思已经开始蠕动了，他慢慢地抬起了一只爪子，打开了一直挂在他脖子上的那个金盒子，金盒子轻易地就弹开了。

刚开始，并没有什么重要的事发生，可是接下来，大家发现，有半盒鸡蛋滚了出来，它们掉在地上，然后盒子就自己关上了。虽然是不起眼的鸡蛋，但是这在矮子精群里，却是威力无比的重磅炸弹。宫殿的墙壁上都有小门，那些小门通向各个地洞。现在所有的矮子精，包括嘎夫将军、潘格，还有卡利科，他们一看到鸡蛋就惊叫着打开小门，快速涌出去，然后大家都使劲地将门摔上，这样拉格多就被关在了小门之外，也就是宫殿之中。那些鸡蛋到处滚着，拉格多只有跳上宝座躲避，他一边叫喊着，一边跳跃着，像极了一个小丑。那些鸡蛋像长了眼睛一样，直冲着拉格多所在地方滚去，正沿着宝座的腿向上滚着。

这下我们的国王可是吓坏了，鸡蛋对他来说有毁灭性的杀伤力，他使出浑身力气从宝座上跳起来，将自己弹到房间的一个角落里。

鸡蛋却仍然不紧不慢地跟着他，拉格多拿起权杖砸过去，接着是红宝石王冠，然后是他沉重的金凉鞋，可这些鸡蛋像长了眼睛一样，每一次都避开了他扔过来的东西。它们现在已经很接近矮子精国王了。拉格多浑身冷汗直冒，他无计可施了，只好瞪大眼睛，恐惧地看着鸡蛋。鸡蛋靠近他的时候，他敏捷地跳过了鸡蛋，直直向通道入口冲去。

我们的夸克思呢，现在还是被锁链锁在那里，头伸向山洞。他看见国王正在朝他奔来，于是他尽量把身子缩一点，让锁链拖在地上，这样他的身体和通道之间就有了一个小缝隙。拉格多看到这条被锁住的龙，一点都不迟疑地跳上了他的脊背，顺着那道小缝隙挤了出去，他走到龙尾的时候，空间已经很大了，他就顺着龙的身体一直往外跑，然后他看到了洞口。他实在太害怕那些鸡蛋了，他头也没回地冲向了通道，可是没走多远，他就被绊倒了。

这一下摔得他忽然清醒了，他意识到自己的失误，金睛的目的就是把他赶出山洞，让他做一个流亡者。现在他自己跑出来了，不，确切地说是被那可怕的鸡蛋撵出来的。他难道就要永远失去他的王国了吗？他不甘心，他要回去，他不能把自己的王国扔在那里，被别人统治。这一切都拜蒂蒂蒂－胡乔所赐，他现在恨极了他。

拉格多想到这里，就又往回走。等他哆哆嗦嗦地来到地洞口的时候，他看见有六只鸡蛋就像栅栏一样，挡在洞口。

拉格多看见那几只鸡蛋一点动静没有，就在远处想着下一步该怎么办。他忽然想起了咒语，这个咒语可以在几秒钟之内将鸡蛋摧毁，于是他就把那个咒语说了几遍，而且还认真地摆着各种手势。

但是一切毫无作用，鸡蛋完全一点变化都没有，他不甘心地又做了几次，结果还是一样。现在他绝望了，他忽然记起刚刚他的魔法已经被粉色

缎带夺去了。他十分伤心，绝望地站在那里。以后的每一天，他将以一个普通人，不，一个流浪者的身份出现。

那些鸡蛋是不会消失的，它们站在那里，将他永远地赶出他曾经的王国，他叱咤风云的地方，他在这里待了那么多年。他拾起石头朝向鸡蛋打过去，但是一点用处也没有，根本就碰不到。他疯狂地叫骂着，拼命地撕扯自己的头发和胡须，歇斯底里地乱蹦乱跳，这一切完全无济于事，再怎么样也无法改变金睛对他的惩罚，这一切都是他咎由自取。

从现在开始，他将永远成为一个被放逐的人，一个真正的逃亡者。他在离开之前，甚至都没想到要装满黄金和珠宝。

第十九章

卡利科国王

拉格多逃出了地洞，书夹乔哭丧着脸对龙说："你为什么不早点来？你看，这些朋友，他们都经历了什么？可爱的玫瑰公主竟然变成了一把没有琴弓的小提琴，那只只会咕咕叫的鸽子就是我们的朋友邋遢人。"

"这都是小事。"夸克思漫不经心地说，"把那把小提琴拿过来，在我的粉色缎带上轻轻地碰一碰。这些伟大的蒂蒂蒂－胡乔早就知道了。"

书夹乔拿起小提琴在夸克思粉色的缎带上轻轻一碰，小提琴马上就变回了玫瑰公主。公主很开心，对着大家温柔地笑，还对龙鞠躬致谢。

邋遢人变成的鸽子看到了

眼前发生的一切，他不需要别人告诉他怎么做，直接飞向了龙的粉色缎带，只一碰，邋遢人就出现了。可还没等邋遢人说话，龙开口了："喂，我说邋遢人，拜托你能不能别站在别人脚上，你不知道这很令我难受吗？"

"哦，对不起，我没注意到，呵呵！"邋遢人太开心自己变回来了，还没从高兴中回过神来。他说着从龙脚上跳下来，直接走向滴答人，搬开他胸前的大石块，把他扶起来。

"太感谢了！"滴答人站起来说，"那个矮子精国王呢？他竟然想把我扔进熔炉里化成铜水！"

"他被驱逐了，永远都不会回来。"七彩笑盈盈地说，"这下大家都放心了！"她跟着龙进来，但是龙太庞大了，所以她只能从龙的身体旁挤过来。她看见了矮子精国王经历的一切，感到很开心，"可是我就是找不到贝翠·鲍宾和驴子汉克，难道他们真的遇到危险了吗？"

"我们一定要把他们找到，一定会找到的，而且一定要找到。"邋遢人坚定地说，他来到刚刚卡利科他们逃跑的小门，想打开它去其他的洞穴找找，但是那些门已经从里面锁上了，怎么推也推不开。

"你们都躲开吧。"夸克思说，"我前额上的角是非常坚硬的，我能撞开那扇门！"

"你别忘了你自己还被铁链锁着呢，我们根本找不到从哪里把锁链给你解开，你怎么能做到呢？"书夹乔有点着急了。

"呵呵，别担心，这个容易！"夸克思安慰道，他抖了抖身子，那些锁链就像细线一样从他身上掉下来了。

大家都很开心，他们相信夸克思肯定有办法把门打开。但是这条龙用了很大的力气也没法撞开那扇门，蛮干了几次后，他决定停下来，仔细想个别的办法。

"让开，让我来试试吧！"滴答人说着，来到了矮子精的大锣前，用尽全力敲了下去，锣声震天，所有人都不由自主地捂住了耳朵。

躲在其他洞穴的卡利科听到了锣声，以为是拉格多战胜了鸡蛋，打败了那条龙，所以他打开了侧门，从里面走了出来。

眼前的景象让他吃了一惊，龙还在这里，所有人都变回来了，邋遢人和玫瑰公主也完好无损地出现在那里了，铜人拿着敲锣的工具，正直直地盯着他，只有拉格多不见了。他很快就明白了发生了什么事，他走到夸克思身边，对他鞠躬行礼，然后说："请问，蒂蒂蒂－胡乔的使者，你有什么吩咐？"

"小姑娘贝翠在哪里？"龙直接问道。

"她好好地待在我的房间里休息，而且我已经给她吃过饭了。"卡利科老实回答。

"快去把她带到这里来！"龙命令道。

卡利科转身离开了，他来到自己的房间，敲了门三下。贝翠虽然睡着了，但对敲门声还是很敏感，她打开了门。

"走吧，你安全了！"卡利科说，"拉格多国王失败了，他已经被赶出山洞了，现在你的朋友都急着见你。"

贝翠开心地跟着卡利科来到了以前拉格多的宫殿。她太开心见到她的朋友们了，朋友们也很开心她安全地活着。他们争着向她讲述龙是如何让拉格多逃跑的，贝翠也告诉大家卡利科是如何保护她的。这一过程中，龙一直没有说话，就静静听着。但是此刻，他转向了卡利科："如果让你来统治矮子精，你觉得如何？比起拉格多，你会善待这些矮子精吗？"

"我吗？"卡利科有点结巴，"我？我想，我肯定不会像拉格多那样坏。"

"那么那些矮子精会臣服于你吗？"夸克思问。

"这个应该没问题！"卡利科很自信地说，"我觉得矮子精们喜欢我胜过拉格多！"

"那好吧，从今以后，你就来当这个金属大王，统领矮子精王国，蒂蒂蒂－胡乔会对你寄予厚望的！"

"这个决定太明智了！"贝翠高兴地大叫，"恭喜你，卡利科国王。我尊贵的陛下，你今后的人生一定会充满乐趣的。"

"是啊，大家都会祝福你的！卡利科国王。"七彩说。其余的人也都纷纷送来祝福。

“那么，亲爱的陛下，现在你能释放我的小兄弟了吗？”邋遢人期待着。

“你说那个丑陋人？当然了！”卡利科说，“我从前就一直让拉格多放他走，但是拉格多不肯让别人快乐。我也曾经让你小兄弟自己逃跑，但是他也不走。”

“他是不想让你为难，多么善良的小兄弟！”邋遢人说，“我们家族都有这样的血统，但是，我的兄弟，他过得好吗？”

“当然，他每天能吃能睡，而且生活很平静。”卡利科说。

“可是，他不是每天干活很辛苦吗？”邋遢人问。

“没有，他没有活儿可干，他不是矮子精，所以好多事他都做不了。我们这里的矮子精这么多，有时候我们倒希望能有活儿给他干。没有活儿干，他每天都是自娱自乐。”卡利科说。

“我听着他不像个奴隶，倒像是个贵客。”贝翠说。

“也不全是那样。”卡利科说，“奴隶不自由，不是想去哪里就能去，可是贵客是自由的，自己高兴了去哪里都可以。”

“那么现在我的小兄弟在哪里？”邋遢人说。

“金属森林。”卡利科说。

“金属森林？那是什么地方？”邋遢人问。

“在我们最大的一个山洞里，没有比那个山洞再大的了。”卡利科说，“我们的那座森林和外面的森林大小是没有区别的，拉格多是为了好玩自己建造的。这座森林很奇妙，但是它也是很多矮子精的炼狱，因为这里的活儿真的很累。森林的树上都挂满了金银珠宝，就连地上的落叶也都是宝石，所以这座森林是拉格多藏宝的一个地方。”

“那，我们现在能够去把我那最亲爱的小兄弟解救出来吗？”邋遢人说。

卡利科没有马上答应，他看起来在思考什么问题。然后他说：“实际上，我找不到去那里的路。当年拉格多建造了三条去往金属森林的秘密通道，他每周又都会改变这三条道路。所以，如果不是他告诉我们，我们是不知道通道在哪里的。不过，如果我们不着急，慢慢找，总会找到一条路的，我想。”

“等等，我想问一下，安女王和乌盖布的军队呢？他们都还好吗？”书夹乔忽然想起这个问题。

“我也不知道。”卡利科说道。

“难道拉格多把他们都杀死了吗？”书夹乔追问。

“哦，这个我敢肯定，拉格多没有这样做。但是他们确实是掉进了陷阱，而且我们把盖子盖得很严，可是等行刑队去找他们的时候，却一个人影都没有。这是从来不曾发生的事，所以我也不知道怎么回事。”卡利科诚恳地说。

“那真是太奇怪了！”贝翠说，“我感觉安女王应该不会什么魔法，她也不会知道陷阱里的秘密。可是她消失得太没道理了，听着太离奇。”

大家都同意贝翠说的话，但是实在是没人能解释这到底是怎么回事。

“不过，我想他们一定是离开这里了，虽然我们无法帮助他们。我觉得现在最主要的事就是把我的兄弟从金属森林里救出来。”邋遢人说。

“可是我不明白，他们为什么说他是丑陋人？他很丑吗？”贝翠问道。

“我也不清楚，”邋遢人说，“我好多年没见过他了，也不知道他变成什么样了。可是，当年的时候，他英俊的容貌可是远近闻名的。”

贝翠听了忍不住哈哈大笑，邋遢人为此有点不开心。七彩很善良地为邋遢人解围：“我觉得一个人的长相是次要的，最主要的是他有一颗好的心！”

“这一点是正确的。”卡利科肯定地说，“现在我想召集全部矮子精首领来这里开个大会，向他们宣布我是新的国王。那样我就可以命令他们帮我们找金属森林了！”

“这是个好主意！”夸克思说，他又开始困了，睡眼惺忪的样子。

卡利科走到大锣前，像每次拉格多那样敲着大锣，但是却没有人来。

“我想起来了，这个大锣是为了召唤我，也就是侍卫长的。现在我变成国王，我就得新指派一个侍卫长，做我以前做的事情。”卡利科说道。

然后他跑去找嘎夫，要嘎夫来这里听命。卡利科回到宝座上，戴上了红宝石王冠，拿起了红宝石权杖，他等待着嘎夫的到来。

“卡利科，你是疯了吗？你快从那里下来，等老拉格多回来你的脑袋就会被权杖砸碎的！”嘎夫提醒他说。

“嘎夫将军，他不会回来了，现在矮子精的国王是我了。”卡利科说。

“对，现在这里只有卡利科国王，再没有什么拉格多了。”龙静静地说，“你们赶快向国王行礼！”

宝座周围的人都对着卡利科国王行礼，恭贺国王，嘎夫看到后，也向着卡利科鞠躬行礼。他心里也是非常高兴的，因为拉格多实在是太残暴了，没有一个人从心里爱戴他。然后卡利科任命嘎夫为侍卫长，他对嘎夫说，他绝对不会像拉格多那样对任何一个人乱扔权杖。

这一个新的决定简直是太鼓舞人心了，侍卫长接受的任务就是告诉每一个矮子精，国王是卡利科，不再是拉格多了，相信所有矮子精都会为这个变化而欢呼雀跃。

第二十章

夸克思静静地走了

现在所有矮子精集合在一起恭贺新国王继位，他们每个人脸上都洋溢着幸福的欢笑，宣誓绝对服从卡利科国王的命令。但是卡利科问遍了所有矮子精，没有一个人知道金属森林在哪里，该怎么走，尽管他们都为金属森林献过一份力。卡利科国王命令他们当前最重要的任务就是找到去金属森林的路，让他们想尽一切办法去找。

在卡利科举办继位仪式的时候，夸克思已经退出山洞。他重新回到大自然里，呼吸着新鲜空气，他觉得舒适极了，于是趴在岩石上睡着了，等他醒来的时候，已经是第二天的早晨了。而邋遢人他们则受到了卡利科的高级礼遇，他尽一切所能为他们提供好的吃食和好的住宿，这些人都舒服满足地度过了一个美好的夜晚。这是因为卡利科知道他的这个王位是这些人给他的，他始终欠着这些人的人情，所以他尽全力让他们开心。

可是，乌盖布女王和她的王家军队到现在还是没有消息，就算是寻找金属森林的过程中，也没人看见他们的行踪。由于安的傲慢和不可一世，

大家对她更多不是关心，而是好奇，但即便是好奇，也找不到线索。

第二天，这群人来到了夸克思身边，夸克思对大家说："我现在得回到我的国度了，我的使命已经完成，留在这里也没有必要了。"

"你是还要用来时的方法回去吗？从那根管子里回去？"贝翠问。

"是的，但是这一次可是我一个人的旅行，路上没有人跟我聊天，会有一点寂寞。我也不能邀请你们谁跟我同行，因为金睛不喜欢那样，而且我估计你们也不愿意跟我去。所以，现在我打算一进去就开始睡觉，等醒来的时候，我已经到家了！"

各位小伙伴对龙的帮助表示感谢，祝他一路顺风。他们还向金睛致谢，并且问候他。因为金睛的伟大决定，才使得拉格多这样的恶棍得到了应有的惩罚。说完这些，夸克思打了一个哈欠，头也不回地钻进管子里去了。一眨眼的工夫，人们就看不见他了。

他们好长时间回不过神来，都还沉浸在与龙的对话里。这条龙的一切都留给大家很深的印象，他一点也不乖戾，相反还友善懂礼，可是他们知道，这里不是他应该在的地方，回到自己的国度才是最适合他的所在。

所以伤感了一会儿之后，大家就开始继续寻找通往金属森林的秘密通

道了。可是一连找了三天，什么也没有发现。

七彩这几天每天都要去山上眺望一番，因为她怕父亲来找她的时候，找不到她。她在地球上经历了这么多，有点想念家和亲人了，她渴望回到天宫里，那里才是她的归属。可是，当第三天她再次来到山顶的时候，她看到一个熟悉的鬼鬼祟祟的身影，定睛一看，原来是拉格多。

现在这位矮子精前国王已经完全没了昔日的光彩。他衣衫褴褛，全身上下都是泥，脚上的鞋也不见了，头上什么都没戴。因为他逃跑的时候什么都没有，现在看起来连个乞丐都不如。

拉格多有很多次都来到了洞口，但那几个鸡蛋仍然立在那里，他根本就没有机会进去。他心里明白，他要马上接受自己现在的生活，他的余生注定漂泊，可是让他非常恼火的是，他离开的时候竟然没有带一颗金银珠宝。他知道，如果自己手里还有金子和珠宝的话，那么他的日子会比流浪汉好过得多，所以，他每天都在山洞外徘徊。他知道他那个曾经的山洞里有多少金银珠宝，他希望能够寻得一个机会，装满自己的口袋。

忽然，他想起金属森林来。

“啊哈！”拉格多喜形于色，“现在只有我知道金属森林在哪里，我应该赶紧过去，把世界上最好的珠宝都装进我的口袋里。”

他看了一眼自己的口袋，发现它们能装下的数量太有限了，或许他应该找一个更大的口袋，那样就可以有更多的珠宝了。他认识一个很贫穷的女人，她住在山脚下的一个小屋子里，因此，拉格多决定去找她，或许她可以帮他这个忙。他来到了那里，给了那个穷女人一颗钻石戒指，想让这个女人尽可能多地在他衣服上缝满口袋，这个女人很愉快地答应了，因为一颗钻戒对她来说太珍贵了。

缝完口袋之后，拉格多重新爬上了岩石山。他四处看了看，没有发现任何动静，就找到了一处机关，小心地按了一下。岩石慢慢挪开了，一个宽大的通道显现出来，他走进去，让岩石重新关上了。

拉格多并不知道，此刻，他所做的一切都被七彩看在眼里。七彩等拉格多关上岩石之后，马上回到洞穴，把她所看到的一切都告诉了她的朋友们，还有卡利科国王。

“我觉得那一定是一条通往金属森林的通道。”邋遢人说，“我们出发吧，跟着拉格多去金属森林，救出我可怜的小兄弟！”

大家都同意了，卡利科国王马上召集了矮子精士兵，让他们带上火把，这样他们行路的时候会方便很多。

“这些火把只是为了咱们路上使用，”卡利科说，“因为金属森林本身就光芒四射。”

七彩带着大家很快就找到了那块岩石，她学着卡利科的样子，找到了那个机关，轻轻一碰，这块大岩石的门又开了，而这时拉格多也才刚刚进去一个小时。现在所有人都迅速地走进了通道。

“我确定，拉格多肯定是想去金属森林抢夺珠宝。”卡利科说，“等我们看见他，我就会告诉他，他已经不是我们王国的人，我要让我的矮子精士兵把他扔出去。”

“对，一定要狠狠地把他扔出去，”贝翠说，“他应该受到更加严厉的惩罚。因为他简直太卑鄙了，他用魔法把玫瑰公主变成小提琴，还把我们扔进泥泞洞，这简直让人忍无可忍，所以我不会同情拉格多。不过，卡利科，我觉得你还是应该让他口袋里装满珠宝，只要他装得下。”

“是的，我会这样做，因为金睛大人是这样吩咐的。我根本就不在乎他装走多少珠宝，金属森林的金银珠宝是我们所有矮子精都装不完的，因为那简直太多了！”

这个通道修建得很是平坦，矮子精士兵手里的火把也很给力，大家这一路非常顺利。但是这条路也很长，贝翠实在走不动了，就坐在汉克的背上。当大家都有些疲惫的时候，拐过了一个弯，眼前忽然一亮，光亮处异彩纷呈，那是属于珠宝的光彩。他们都兴奋起来，因为前方就是神奇的金属森林了。

这座森林建造在山洞里。这个山洞简直太大了，而且洞顶实在是太高了，比一个教堂的尖顶还要高出好多。

在这个山洞里，在这片森林中，无数的矮子精洒下辛勤的汗水，他们

经历过十分浩大的劳动过程，才建造出如此出色的森林，也是世界上独一无二的、最美的森林。整个森林的树，从上到下都是纯金的，而树下的那些灌木丛都是纯银丝做成的，这些树和树丛的大小都跟大自然里的一模一样，它们挺拔地屹立着，雍容地静默着。

森林的地面上，像为了模仿落叶一般，都撒满了厚厚的珠宝，它们颜色各异，品种齐全。树林中很多小路交错贯通，都是用成色最好的钻石铺就的，看上去闪闪发亮，光彩夺目。这里汇集了全世界的各种珠宝，或许只有奥兹国的翡翠城可以与之媲美了，或许还不如这里。

小伙伴们看到这一切简直连呼吸都要停止了，他们张口结舌地看着周围的一切，甚至忘记了怎么样去赞叹，只是在心里百般千般地惊呼。谁真正看上一眼这些珠宝，恐怕此生也就无憾了。最后还是邋遢人发出一声惊叹："我是不是来错了地方，难道我的小兄弟是在这里当囚犯吗？"

"是的。"卡利科说，"我能确定，他在这里已经待了至少两三年了。"

"可是，我不知道他靠什么生活，这里似乎什么吃的也没有。"贝翠说，"虽然这里是我见过的最富有的地方，可是我看不出这里有什么可以吃的，红宝石和绿宝石再好看，也不能拿来吃啊！"

"亲爱的小姑娘，没人会拿宝石当早餐。"卡利科笑着说，"事实上，这个山洞里并不全是金属森林，你们还将看到其他的树木，那是真正的树，上面长满了可口的食物。我们向着那里走吧，或许在那里我们能够找到邋遢人的小兄弟，因为人总是爱待在食物多的地方。"

于是，他们就沿着钻石铺就的小路朝前走。他们不时地被身边的美景所吸引，那些闪耀绚丽的金树叶富丽堂皇，让他们叹为观止，美得让他们沉醉。

蓦然，树丛旁发出一声尖叫，好像有什么人吓跑了一样，两旁的灌木丛里发出簌簌的声响。紧接着，一声更响亮的吆喝声响起："别跑，站住！"接着是一片扭打的声音。

第二十一章

腼腆羞怯的兄弟

这群人摸不到头绪，都不知道发生了什么。于是在卡利科的带领下，他们跑到了一片华丽的金树下，看到一个奇特的场景。

原来是乌盖布女王的军队发现了拉格多，现在正在抓他，老拉格多使劲挣扎着，十二个军官紧紧围着他，他丝毫动弹不得。安女王高傲严肃地看着周围的一切，看起来更加不可一世。但是当她看见这群朋友跑过来的时候，她忽然难为情地低下了头。

现在王家军队的衣服都已经碎成一条一条的了，膝盖由于长时间地爬行，已经磨得全是伤痕。原来，乌盖布军队在陷阱中爬行的地道就是通往金属森林的密道之一，而且是最难走的一条通道。安不仅把美丽的裙子和上衣磨烂了，王冠也弄瘪了，就连鞋子也差点从脚上掉下。

那些王家的军官比安的状况更糟糕，他们的裤子都破了，制服都扯成一条条的，露出来的身体都已经伤痕累累了。即使是经过一场生死存亡的战役也不会像他们这样狼狈，这样落魄。但这是唯一一条能逃脱的通道，

所以他们不顾一切地爬出来了，就算过程再艰辛，也比被老矮子精折磨强很多。

他们从这条通道出来的那一刻，眼前的金属森林让他们产生了前所未有的兴奋。终其一生，或许他们都掠夺不了如此多的财宝，这是他们想都想不到的事。但即便是再多的珠宝，他们也没办法带出去，因为他们找不到出去的路。在这个圆顶的山洞里，军官们竟然产生了一丝从未有过的勇气，所以在看到拉格多的时候，他们一拥而上将他团团围住，当然，他们并不知道拉格多已经不是国王了。而就在此时，他们的朋友们也来到了这里。

"老天！"贝翠大声叫道，"你们怎么也在这里？"

安看见了朋友们，主动走上前来，带着忧伤和愤怒说："你们是不知道当时的情形有多危险，那个通道里到处都是凸起的石头，石头上都带着尖，我们只能爬行，通道那么狭窄，我们的皮肉被磨烂了，全身的关节都已经失灵了。最让我受不了的是，即便是爬出了那条通道，我们仍然不自由，在这里到处都是财宝，可是一样也带不出去。所以我们今天抓到了拉格多，我们要让他给我们自由。”

“可是拉格多已经不是矮子精国王了，”书夹乔说，“而且，他也不再属于矮子精国了！哦，你们还不知道，他被夸克思赶出了矮子精王国，并且他这辈子只能是流亡者。现在矮子精国王是卡利科，我十分荣幸地告知尊贵的陛下，卡利科国王，他是我们的好朋友！”

“十分荣幸，我的女王！再次见到你真是太开心了！”卡利科很有礼数地鞠躬致意。好像现在的女王仍然是最初那个不可一世的安。

看到这里，军官们一下就放开了拉格多，可是拉格多也没有逃跑，他站在那里，显出非常谄媚的嘴脸，看着当今的国王——他以前总用权杖敲打的仆人。

“你怎么还在这？”卡利科非常严肃地说。

“是的啊，因为夸克思答应过我，让我装满金银珠宝离开，我现在来这里是想带走我应得的财宝。我并不是存心打扰啊，陛下！”拉格多油嘴滑舌地说。

“可是，你也得到了永远离开矮子精国的警告！”卡利科面无表情地说。

“是的，我只要装满我的口袋就可以了！”拉格多不顾尊严地哀求。

“那你快去吧，装满口袋你就赶紧离开，永远不要再回来！”卡利科说。

拉格多马上就去了，他贪婪地往自己所有的口袋里装着各种各样的宝石，有粉钻、蓝钻、白钻、红宝石、蓝宝石、翡翠和青玉等许许多多的宝贝。这些东西都是有份量的，它们把拉格多压得喘不上气来，走路都很费劲了，歪歪斜斜的，但是口袋还没有装满。可是他只要再蹲下就会跌倒了，所以，七彩姑娘、玫瑰公主和贝翠，这些善良的女孩都跑过去帮他，她们都捡起最好的宝石给他放进那些口袋中。

好一会儿，她们才把那些口袋一一装满。现在拉格多的样子真是太搞笑了，他们看着他，觉得他很可悲，一个人竟然贪婪到了这般地步。拉格多也没跟帮助他的三个女孩道谢，只是向她们使劲瞪了几下眼，然后沿着来时的小路离开了。他们都目送着他，看着他步履蹒跚的背影，或许这是

这辈子最后一次看到这个忧伤却贪婪的国王了。

“好了，这下好了，他终于离开了我们。”贝翠叹了口气说道，“我想只要他以后知道怎么节制，这些金银珠宝够他几世繁华了。他要是去了俄克拉荷马，他的这些钱足够开一个银行了。”

“好了，我现在想知道我最亲爱的兄弟在哪里。”邋遢人着急地问道，“安，你可曾看见我的小兄弟了吗？”

“你的兄弟是什么模样？”安女王问。

邋遢人说不出来，因为他好多年不曾见过他了。贝翠说道：“他们管他叫丑陋人，是不是这个名字能让你想起什么来？”

“我们倒是见过一个人，也是在这个圆顶山洞里唯一见到的一个人。”安女王说，“可是还没等我们接近他，他就逃跑了。我们知道他躲在那片自然生长的真树林中，我看不到他的脸，不知道是不是很丑。”

“那一定是了，我亲爱的兄弟！”邋遢人惊呼着。

“嗯，我想也是他。”卡利科说，“因为在这个山洞里就他一个人，再没有别人住在这里了。”

“可是他怎么还躲起来了？还在那片绿树林中，而不是这片金树林中，他不知道这里漂亮吗？”贝翠问。

“那是因为绿色的树林里有食物可以吃，”卡利科回答，“而且那里还有一间房间，他可以在里面休息。至于这些金树，我承认刚刚看见它们的人，肯定觉得它们美丽无比，因为每个人都会对那些色彩斑斓的宝石情有独钟，可是如果让谁一直就那么欣赏这些光怪陆离的珠宝，那也不是一件太让人开心的事情。”

“这话很有道理，我的兄弟简直太明智了，”邋遢人说，“他懂得选择真正的树木去喜欢，而不是喜欢什么仿制品。无论如何，我都要找到他。”

邋遢人说完，就拔腿向着那片郁郁葱葱的树木跑去，大家都跟着邋遢人一起跑着，因为大家都想看看邋遢人这位小兄弟到底是什么样的。

他们来到森林边缘的一个小屋子前面，这个小屋子盖得很精致，由金树枝和树叶搭建而成，很耀眼。当他们一步步走近屋子时，屋外的灌木丛里忽然窜出一个人，在他们面前一闪就躲进了屋内，并且紧紧地关上了房门。

邋遢人赶紧跑过去，高声叫道："兄弟，兄弟，是我啊！"

"你是谁？"一个哀伤的声音问。

"我是你的哥哥，邋遢人，你忘记了吗？你的亲哥哥啊，我已经找了你很久很久，现在我来救你了，你出来啊！"邋遢人急切地说。

"一切都来不及了！"那个声音更加忧伤，"现在没谁能救得了我！"

"怎么可能，我的兄弟，"邋遢人热切地呼唤，"现在矮子精国王不再是拉格多，而是卡利科了，现在他许诺放你走，给你自由！"

"自由？！"那个声音响起来，无限忧愁和无奈，"我早就不敢奢望自由了！"

"为什么？是什么原因让你这样想？我的兄弟！"邋遢人有点着急。

"你难道都不知道矮子精对我做了什么吗？"带着愤怒的声音再次响起。

"我不清楚，兄弟，你快告诉我！"邋遢人更加急切了。

"拉格多在最初抓到我的时候，我是那么仪表堂堂，光彩照人，你可还记得我以前的样子吗？"

"是的，我记得，我很小的时候就离开家了，那个时候妈妈每天都夸你漂亮！"

"是，你还记得，事实上也是，我是那么漂亮俊美！"说着那个人哭了起来，"可是拉格多把我抓到这里来，看我太漂亮，就每天折磨我，他想让我在其他人眼里都变得丑陋，所以我被他施了魔法。睡了一个晚上之后，我就变得面目全非，我是世界上最丑陋的人了，连我自己都讨厌自己，现在连镜子都不敢照。"

"我可怜的兄弟啊！"邋遢人叹息着，大家听了都沉默了，心里充满了深深的同情。

"我每天为着我这张脸懊恼，"邋遢人的兄弟哽咽着说，"所以我就想办法躲起来，但是那个残酷变态的拉格多国王，不仅让我在所有矮子精面前亮相，还奚落我，让大家都轮番参观我。矮子精们看到我就笑起来，他们丢掉手里的工具，不去干活，所以拉格多非常恼火，并且全都怪在我头上，他又把我推到地道里，不再理睬我了。我在地道里一直走，就走到这个金属森林来了，我一直待在这里，从来没有出去过。”

“可怜的小家伙！”邋遢人叹息着，“现在我来救你了，我带着我的朋友们来的，他们都是好人，没有人会嘲笑你，他们只会更加爱你，不管你变成什么样，所以你出来吧！”

“是的，我们绝对不会嘲笑你，出来吧！”大家都跟着宽慰他。

可是无论大家怎么说，邋遢人的小兄弟就是不出来。

“我不会出去的，邋遢人。”小兄弟说，“你们都走吧！我不想见到任何人！”

邋遢人无助地转身看着周围的人，他看起来那么忧愁，“天啊，我该怎么办啊？我现在没法让他出来，他不从那个小房子里走出来！”

“我有一个办法。”贝翠说，“我觉得你可以让他戴上面具，这样他就不会担心容貌被我们看到了。”

“这真是个不错的主意，我要试试。”邋遢人看到希望了，非常开心，他对他的兄弟喊道，“兄弟，你只要戴着面具出来，我们便谁都看不到你了，你也不用担心你的脸是什么样的了！”

“可是我去哪里能找到面具呢？”丑陋人说。

“哦，我知道，”贝翠说，“我这里有块手帕，或许能派上用场。”

邋遢人看着这块小手帕，失望地摇了摇头。

“不行，它太小了，”邋遢人说，“一个男人的脸怎么也比手帕大，哦，或许他可以用我的这块！”

说着，他掏出自己的手帕，来到了小屋的门口。

“给，兄弟，”他喊道，“用这块手帕当面具吧！也拿着这把小刀，你可以先用小刀在手帕上割两个洞，把眼睛露出来，然后再把手帕当成面具戴起来。”

小屋的门开了一道小缝，仅容小兄弟的手露出来，他接过手帕和小刀后，就把门又重新关上了。

“对了，还有鼻子的部位，也要挖一个洞出来！”贝翠大声说，“不然你是没法呼吸的！”

于是大家就都等在外面，谁也不说话。安女王带着她那十六名军官席地而坐。贝翠坐在汉克的背上。七彩此刻心情不错，又开始跳起了舞，舞姿轻盈，十分美妙。书夹乔和玫瑰公主手拉手在森林的小路上散步。滴答人站在那里，一点都不觉得累。

一会儿之后，小屋里终于有了声响。

“兄弟，你戴上面具了吗？”邋遢人急切地问。

“是的，哥哥。”丑陋人回答，大家听见开门声，丑陋人终于肯出来了。

大家都好奇地望过去，邋遢人给他的手帕是块大红底色、带有白色圆块图案的手帕，此刻被丑陋人戴在脸上，看起来搞笑极了。若不是先前就知道邋遢人的兄弟是害羞、敏感的，贝翠肯定是会忍不住哈哈大笑的。手帕在眼睛的部位挖出来两个洞，鼻孔下面还有两个小洞，让丑陋人能够正常呼吸。它紧紧地把丑陋人的脸包裹住，在脖子后面打了个结。

大家看到丑陋人穿着料子非常好的衣服，已经被磨损得不成样子，他脚上的长袜也都是洞，皮鞋都磨掉了色，应该打油和上色了。

“别忘记，这位可怜人在这里无论如何也是个奴隶，”贝翠喃喃地说，“所以他能保持这样子真的很好了。”

邋遢人看到自己兄弟出来，急切地跑过去，用两只有力的臂膀把他抱住了，丑陋人也是一样，紧紧地抱着自己的哥哥。之后，邋遢人把他一一介绍给其他的朋友们。

“兄弟，这是卡利科，矮子精新任国王。”他们走到卡利科前面，邋遢人说，“他已经给你自由了，你不再是这里的奴隶了！”

“真是善良的国王！”丑陋人无限哀伤，“可是我却没有勇气以现在这个样子回到以前的生活中。除非我一直戴着这个让人发笑的东西，不然我的样子是会吓到所有人的。”

“可是，既然是魔法，就一定有办法解除啊！”贝翠说。

邋遢人再次看向卡利科，希望从他那里能找到解决的办法。

“我是没有能力做到这一点的，”卡利科诚恳地说，“因为我不会魔法。但是拉格多十分擅长使用魔法，除他之外，矮子精国所有的矮子精都不懂。”

“解铃还须系铃人。”安女王说道，“或许我们可以让拉格多试试解除这个魔法，可是我们把他放跑了！”

“这都没什么，亲爱的兄弟，”邋遢人说，“虽然你一直戴着面具，可是我们都不会小看你，能够重新找到你真是让我最开心的事。所以我们放下那些不开心的事，尽情享受重聚的欢乐吧！”

丑陋人听了这番话，感动得落下泪来，眼泪润湿了红手帕，邋遢人用自己的袖子帮兄弟擦拭着。

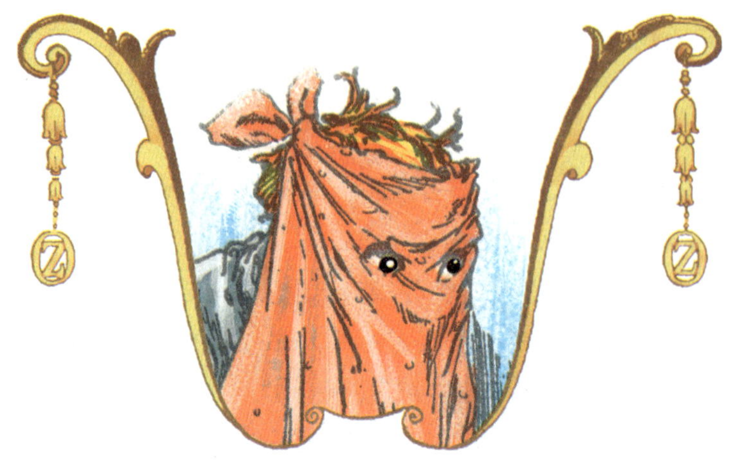

第二十二章

友善的吻

“在我看来，这个金属森林真是一个极其美丽富饶的地方，”贝翠对丑陋人说，“你离开这里，会不会觉得惋惜？”

“当然不会，不，绝对不会！”丑陋人回答，“再美的钻石和金子都不如人的心温暖。在这片没有人气的森林里，我很难想象自己将来会如何孤独地老去。如果不是这片真正的森林，我可能早就被活活饿死了！”

贝翠抬眼四下看着这片生机勃勃的森林。

“可是我不清楚的是，”贝翠说，“你从里面能弄到什么吃的呢？”

“你不知道，这里有世界上最好的食物。左边的树林，看到了吗？”丑陋人用手指着，“那里有着世界上独一无二的树，只长在这样的山洞里，我把它们都命名为‘餐馆树’，因为上面长满了一种可以当作菜肴的‘三道菜坚果’。”

“听起来还真不错，”贝翠饶有兴趣地问，“那‘三道菜坚果’长什么样啊？”

“看起来它们的外表有点像椰子。”丑陋人也很有兴趣说下去，“你只要从树上随便摘下来一颗，你的午餐就有着落了。吃的时候，先把它最上面的部分揭开，你会发现里面是一道美味的汤汁。喝过之后，你就揭开中间部分，这里面塞满了马铃薯和肉块，还有各色蔬菜以及沙拉。这些都吃完之后，还能打开最后的一部分，里面是餐后甜点，比如苹果馅饼和奶油蛋糕、脆饼和奶酪、胡桃和葡萄干。但这些‘三道菜坚果’的菜式又是完全不同的，你可以随意吃任何一种口味，而且每一样都非常的可口，每一样都是正式的吃食。”

“那你的早餐呢？也吃这些吗？”贝翠继续问道。

“不是的，早餐树在那边，就是石头边上的那片树林。与其他树并没什么区别，早餐也都长在坚果里，只不过最上层不是汤汁，而是巧克力或者咖啡。中间部分变成了燕麦粥，而不是马铃薯和肉。底部变成了各种水果，不是小甜点。虽然我一直生活在冰冷的森林里，有点孤独，但是我不得不承认，这里比其他任何地方的监狱都要舒适，而且我住的地方也是十分奢华的。但是能够重新看到蓝天白云、大地海洋、太阳月亮，能够重新回到大自然的怀抱，呼吸着新鲜的空气，能够徜徉在那绿草如茵的大地上，看着各色鲜美的花和露珠，我觉得这是比这些金银珠宝更让我神往的。”

“这是自然的。”贝翠说，“我以前的邻居有个小男孩，他的愿望是得上荨麻疹，因为他周围的所有小孩都得了，可是他却没得，这让他很失落。他尽一切办法去得，但是还是得不上，他真的很沮丧。所以，我能够十分确定地说，那些我们万分渴望却无论如何都得不到的东西，也许并不是什么真正的好东西。邋遢人，你说呢？我说得对吗？”

“我可爱的小姑娘，”邋遢人说道，“我觉得也不是全都如此，如果你从来不去想，你有可能一辈子都得不到，但是你去想了，你就有可能得到。我觉得人应该有理想，并为之去奋斗，但是不能为了欲望使得自己为所欲为，不择手段，保持本心才是最重要的。”

“依我看，”安女王说，“我觉得世界上最美的东西就是宝石和金子，如果没了这一切，到处都是让人觉得无聊和无奈的地方。”

“是的，世界上存在的任何事物在本质上都是好的，”邋遢人说，“但是人的欲望是不可捉摸的，有时候我们的要求过于多了，一切就都变了。如果我们的要求多于这个世界给我们的，那么绝大多数人都会因为得不到而感到不快乐。”

“对不起，我打断一下。”卡利科一边走过来，一边说，“现在，我们已经找到并解救了邋遢人的小兄弟，我想是时候回到我的宫殿里去了。相比在这里，我的更大的职责是更好地照顾我的臣民，让他们能够安居乐业。”

大家都跟着卡利科动身了，他们要穿过这个圆顶山洞，回到他们先前来的地方。邋遢人和他的小兄弟形影不离，他们分开了那么久，重新聚在一起，别提有多高兴了。贝翠有点不敢多看一眼那个红底白花的手帕面具，因为她怕自己控制不住会笑出来，所以她走在两兄弟的后面。她手里抓着驴子汉克的长耳朵，让驴子牵着她走。

当他们马上要走出这个圆顶山洞的时候，安女王忽然停下来，好像憋了很久一样，她说道：“我以前想着征服矮子精国，但现在忽然又不想了，

所以我想在离开金属森林之前，收集几块美丽的宝石。”

“夫人，如果你愿意，就请不要客气。”卡利科说。听到这话，安女王以及她的那些军官们都开始往自己的口袋里装起珠宝来，安还用手帕包了很多钻石。

等他们觉得满意了，大家又都重新走上了通道。矮子精士兵手里拿着火把走在最前面。没走出多远，贝翠便惊叫道：“看，那里竟然也有宝石！”

大家顺着她的视线看过去，发现路上确实撒落了一地宝石。“这也太奇怪了，”卡利科说，“我得让我的士兵把这些重新放回森林去，因为它们本来就属于那里。可是它们究竟是怎样来到这里的呢？”

他们就沿着通道走下去，一路走来，地上都有零零散散的钻石，等到他们来到通道口的时候，才明白这到底是怎么回事。他们看见老拉格多背靠着甬道的墙壁，累得气喘吁吁，似乎已经再也没有力气走下去了。原来这一路的钻石都是从老拉格多的口袋里掉出来的，他那么贪心地将所有口袋都装满了钻石，这沉重的负荷让他不能承受，所以他踉踉跄跄地一路走着，一路撒落着。

“现在，我不那么在乎这些宝石了！”拉格多喘息着说，“即便我能把它们带出通道，又怎么能保证不在路上累死。那个给我缝制口袋的女人，她的针线活是多么粗糙啊。我竟然给了她一个钻石戒指，我简直是脑袋坏掉了！”

“那么，你是要把所有钻石都留下来吗？”贝翠问道。

“不，我口袋里还有一些。”拉格多叹了一口气，“不过我觉得这足够了我以后的生活了，我现在觉得财富对于我来说都是身外之物。如果你们谁能够好心把我扶起来，我想我将要永远离开这里了，因为我知道你们都不喜欢我，都看不起我，所以我宁愿离开这里，也不要看到这些。”

邋遢人和卡利科走过来将拉格多扶起来，拉格多道谢的时候忽然看见了邋遢人的小兄弟，他刚刚看到队伍里的这张新面孔。丑陋人的面具让拉格多非常害怕，竟然发出了可怕的号叫，然后开始浑身发抖，就像看到了鬼魂一样。

“他、他、他，他是什么人？”拉格多结结巴巴地问。

“你不记得我了吗？我可不曾忘记你，很多年前，你把我从一个英俊帅气的人变成现在这副丑样子，难道你自己都被吓傻了吗？”丑陋人用极其冰冷的声音说道。

“是的，拉格多。”贝翠说，“你应该为你当年的卑鄙手段忏悔！”

“是的，我的朋友，我很惭愧。”拉格多卑微地说。现在大家面前再也不是那个冷酷、暴躁的矮子精，而是一个完全失去了斗志的、意志消沉的老者。

“那么我觉得你应该用你的魔法把他变回来，让他成为以前的样子。”贝翠提议道。

“我也希望我可以做到，”拉格多说，“但是，你别忘记，蒂蒂蒂－胡乔已经把我所有的魔法都夺走了，现在我什么都做不了。何况，我从没有学过如何解除丑陋人身上的魔法，因为当时我就是想让他变得那么丑。”

“你错了，”七彩说道，“每一种魔法都有解除方法，如果你能够把他变丑，你就一定会有办法让他变回原来的样子。”

拉格多还是摇头，一副无能为力的样子。

“或许我以前是知道的，但是我现在真的想不起来该如何解除。”

“你努力想想吧！”邋遢人有点激动地说，“我请求你再努力想想。”

拉格多也急得用手抓着头发，捶胸顿足地叹息着，还拉扯自己的耳朵，完全一副无奈的样子。

“我似乎是有点记起来了，”他看着大家忽然说，“可是我的脑子现在乱成了一锅粥，我都无法记得那是什么了！”

“拉格多！看着我！”贝翠厉声喝道，“我们一直很有耐心地跟你说话，但是我们不会忍受你太多的胡言乱语，如果你真的想起来了，你就要知道怎么样做才是对你自己有好处的事。那你就不会那么糊涂了！”

“怎么？”拉格多有点迷茫了，他不解地望着身边的这个大声叫嚷的小姑娘。

“这个小兄弟对邋遢人意义非凡，他现在由于你当年的残酷而无法面对任何人，你应该得到惩罚。拉格多，你仔细算过你以前做过的所有坏事吗？跟那些比起来，你现在做一件好事又能怎么样？”

拉格多觉得这小姑娘的话极有道理。他也觉得很愧疚，于是他使劲想着。

“我模模糊糊地记得，”他说，“好像是谁的吻可以解除这个邪恶的魔法！”

“那是谁的吻？”大家急切地问。

“谁的？我记不起来了，或许是一个普通女孩的吻，或许是一个以前是仙女而现在是凡人的女孩的吻，我实在想不起来了，我觉得应该是一个仙女的吻。不过，我觉得无论是仙女还是普通女孩，都不会愿意去吻一个丑陋人，尤其是像他这般丑陋的人，那是简直让人惊骇的丑陋。”拉格多语无伦次地说。

“我觉得你说的不对，”贝翠说，“我就是一个普通人，而且是个凡人女孩，如果是我的吻能够解除魔法，我愿意这样做。”

“哦，你不会的。”丑陋人拒绝道，“现在我戴着面具。等我摘下面具的时候，你就会后悔你刚才的说法，虽然你是那么善良的一个人。”

“或许，你说的是对的，”贝翠说，“但是我也有办法，我们可以让拿着火把的矮子精士兵先出去。在黑黑的山洞里，我是看不到你的，你拿下面具，然后我就可以吻你了。”

“贝翠，你简直是世界上最善良的人。”邋遢人感激地说。

“这不算什么，邋遢人，这样做，对我来说并不是什么难事。”贝翠说，“如果能够帮助你的兄弟，我倒是觉得应该去试试。”

于是卡利科让拿着火把的矮子精士兵先出去，士兵听话地出去了，安女王和她的军队也跟着走了出去，但是剩下的人都对贝翠的尝试很感兴趣，所以他们决定留下来，待在通道入口。通道口现在关上了，里面黑洞洞的，什么都看不见。

“现在，”贝翠带着欢欣说，“谁都看不到任何事物了。你现在可以拿下你的面具了吧，丑陋人？”

“我已经拿下来了。”丑陋人说。

“那么，你在哪里？”贝翠说着，伸出了双臂。

“我在这里。”丑陋人回答。

“你还是先弯下腰来，不然我真的够不到你。”贝翠说。

贝翠伸出的手被丑陋人紧紧地握住，他低下头来，直到他的脸凑近了小姑娘的脸，大家都听到了一声响亮的亲吻声。然后就听见贝翠大叫着：“看啊，我吻了他，但是我却还是好好的。”

“亲爱的兄弟，快说说看，魔法解除了没有？”邋遢人急切地问道。

“我不清楚，”他回答道，“或许解除了，或许没有，我也不知道。”

“现在，谁手里有能够照明的东西？”贝翠问道。

“我这里有几根火柴。”邋遢人说。

“那就让拉格多划着一根，去看看你兄弟的脸，其他人都背对着他。拉格多把你的弟弟变得那么丑陋，我想他应该有这个胆量去看，魔法是不是解除了他一看就知道了。”

拉格多也表示同意，他接过火柴那样做了。但是他只看了一眼就吹灭了火柴。

“并没有什么变化。”他自己都有些害怕地发抖，“所以，我感觉无论如何不是凡人姑娘的吻。”

“那么，让我来试试吧！”玫瑰公主此刻甜美地说道，“我原来是个长在玫瑰花上的仙女，现在我只不过就是个凡人姑娘。或许我的吻能够做到。”

书夹乔有些不同意她这样做，但是善良战胜了这一点，他不忍心阻止。于是玫瑰公主在黑暗中摸索到邋遢人兄弟的位置，并且吻了他。

“拉格多，你再去看看！”贝翠说。

于是拉格多又划着了一根火柴，可是旋即又吹灭了。

“还是不行，”拉格多说，“魔法还在。那我觉得应该是仙女的吻了，如果不行，那就是我的记忆全都没了。我什么都想不起来了。”

“七彩，”贝翠央求道，“你可以去试试吗？”

“当然可以，”七彩爽朗地笑着，“我活了几千年，还是第一次吻一个凡人男子。不过我可以这样做，因为这样邋遢人会开心起来，他对他兄弟的爱，我们大家有目共睹。”

七彩一边说着，一边快速走到丑陋人身边，在他的脸颊上快速地轻轻吻了一下。

“好了，谢谢你，七彩，谢谢你！”丑陋人开始狂喜起来，“我能够感觉到，我又是我了。邋遢人，亲爱的哥哥，我变回来了。”

书夹乔现在碰了一下开关，通道的门打开了，一丝光射进来，黑洞洞的通道能够看到光亮了。

大家都一起注视着邋遢人的兄弟，他脸上不再是那个红底白点的面具手帕了，他正带着美丽的微笑看着大家。

“真的好了！”邋遢人欢呼道，“你又变回年轻帅气的样子了，我的兄弟。现在你再也不是丑陋人了，我相信没有任何一张脸可以跟你媲美。”

“是的，他确实好看。”贝翠真诚地说，“他长着我见过的最好看的脸。”

“是的，跟他刚才的样子相比，”卡利科说，“他现在的确是太漂亮了。你们谁都没有见过他丑陋的样子，根本就不清楚发生了什么。不过我以前那么多次看到他的丑陋，那太不幸了，我要重申，他现在的模样简直是太漂亮了。”

“是的，”贝翠开心地说，“卡利科，我们认可你说的话。那么现在，我们是不是该离开这个通道，重新回到我们来的地方了吧。”

第二十三章

拉格多改邪归正

很快，他们就回到了矮子精王国的地洞，卡利科命令矮子精们准备精致的吃食款待他们。

拉格多一直在后面跟着大伙，但是大家谁也没阻止他，谁也没搭理他，他就那样乖乖地又有点担心地跟着。走到洞口的时候，他看见了那些鸡蛋，可是只一会儿那些鸡蛋就不见了，于是他小心翼翼地跟着大家来到了山洞，又非常小心地找到了一个房间的角落，并在那里卑微地蜷缩着。

贝翠后来在角落里看到了拉格多。所有人都为邋遢人找到兄弟而欢呼雀跃着，所有人都在祝贺着，一片祥和的场面，只有拉格多看起来那么可怜和无助。贝翠忽然间觉得很难过，于是就心软起来，她竟然恨不起来这个当初想把她关进泥泞洞的老矮子精，对弱者生出了同情心，她悄悄地给他送来了吃的和喝的。

拉格多为这个小姑娘的善举而感动得老泪纵横，他没有想到这个小女孩会有这么善良的一颗心，为着以前自己的残暴和蛮横，他现在充满了愧

疚和悔恨。他伸出手，握住了贝翠的手，用拇指轻轻按了按，表达自己的感慨。

“我说，卡利科，”贝翠说，她看着这个新国王，“我觉得不应该这样冷落拉格多，他现在再不是过去那个作恶多端的矮子精了，他什么都不会了，就是一个再普通不过的矮子精。我想他现在一定在为以前的行为忏悔。”

“是这样吗，拉格多？”卡利科低下头，看着角落里的拉格多，温和地问。

“是的，我现在对我以前的所作所为后悔不已。”拉格多带着眼泪说，“贝翠姑娘说得对，我现在已经完全是个再平常不过的矮子精，我的魔法失去了，我什么都不是了，对谁都没有伤害了。可是我早已习惯在地洞里的生活，让我在广阔的地上去流浪，我不如死在这里舒服。我是个矮子精，这辈子我都属于地下。”

“我是这样想的，拉格多，”卡利科说，“如果你能老老实实地在这里待着，不给任何人找麻烦，再也不做坏事，我就答应你留在这，但是如果你以后还像以前一样做伤天害理的事，我就立刻把你赶出去，就像蒂蒂蒂－

胡乔所命令的那样，让你永远地去地面上流浪。”

“我一定会安分守己地待在这里。”拉格多非常诚恳地说，“做一个国王本身就是一件很不容易的事，当一个好国王更是难上加难。但是我现在是个平凡的矮子精，跟其他人再无区别，所以我想我能做一个正直的矮子精。”

大家听了拉格多的话，都非常替他开心，他们也都看到了拉格多的诚意，感觉到拉格多想要改过自新的决心。

“我希望他这次是真的有改过之心了。”贝翠低声对邋遢人说，“不过就算是以后他真的又变坏了，卡利科也得自己对付他了，因为那时候我们都已经离开这里了。”

大家都非常开心的时候，七彩却显得有些忧心忡忡，她这一次来地球，又结交了新的朋友，同时还跟这些新老朋友渡过了一次又一次的难关，她觉得充实极了。可是此刻一切都结束了，她就开始想念天上的家了。

“你们听，”她凝神听了一会儿说，“我觉得现在天上开始下雨了，雨水是我的伯伯，或许他知道了我的想法，前来救我了。不管怎样，我得出去看看天空。”

她跳起来，沿着通道跑了出去。大家都跟着她后面跑出去，他们跑到一块大的岩石上。确实，天空一片阴雨蒙蒙的，但是看起来云层不是很厚。

“我觉得这不是一场大雨。”邋遢人判断着，“乌云不是很厚，我想等雨停了，我们就要和我们美丽的七彩姑娘说再见了。唉，不知道下次什么时候才能见面，可爱的小仙女。”

大家都沉默着，盯着天空，邋遢人又叫起来：“快看啊，西边！那里已经出现了彩虹，七彩的父亲来了！”

贝翠没时间看天空，她盯着七彩姑娘，看着她美丽的脸庞绽开那么开心的笑容，她知道她父亲真的来了，她要回家了，马上就回到云霞宫殿了。很快，几缕阳光透过薄薄的云层，投到这座矮矮的山上，一道彩虹出现在不远的地方。

七彩跳起来很高，大声呼喊着。她跳到高一点的岩石上，挥动着双臂，彩虹一点点延伸过来，一直落在她的脚边。她轻轻地一跃，裙带飘扬。大

家都看傻了，惊叹这一情景如此绝美。七彩的姐姐们伸出了双手，拉她回到了她们中间。七彩转过身来，来到彩虹的底端，弯腰跟她所有的朋友们道别，并给他们一个个飞吻。

“再见，再见，我们的朋友。”大伙也都挥手跟七彩说再见，目不转睛地盯着彩虹。

美丽迷人的彩虹慢慢地升上了天空，颜色一点点淡去，痕迹一点点消失。最终大家只看见蔚蓝广袤的天空中留下几抹悠悠飘动的云。

“我真是舍不得七彩姑娘离开我们，心里竟是这般难过呢！”贝翠声音都有些哽咽，“不过我想可能她在天空里才更快乐吧，那毕竟是她的家，而且还有她的姐姐们在等她。”

“是的，这是一定的。”邋遢人说，“一个人再怎么快乐，也不如在自己的家里开心。对没有家的流浪汉来说，家的意义简直太特殊了。”

“是啊，我记得我曾经是有一个家的。”贝翠说，“可是，现在我除了汉克，什么都没有。”

贝翠用双臂抱了抱汉克毛茸茸的鬃毛，汉克也发出了“唏——嚎”的

叫声，似乎是对她的回应。邋遢人走过来慈爱地抚摸着贝翠的头，温柔地说：“贝翠，我的小姑娘，你还有我，我是不会让你一个人的。”

“对，我也不会。”邋遢人的弟弟这时真诚地说。

贝翠忽然得到了温暖，她抬起头看着截然不同的兄弟俩，开心地笑了。

“下雨了，”她说，“可是我觉得很温暖。我们是不是该回到矮子精地洞啊？”

大家都因为七彩的离开而有些闷闷不乐，都舍不得这美丽可爱的仙女。大家是多么喜欢她啊，可是她毕竟不属于这里，现在也只能留下想念了。大家想着，就回到了矮子精国的地洞里。

第二十四章

多萝茜高兴极了

大家都重新坐在了矮子精宫殿里，安女王说：“我现在得考虑一下，我该去哪里，该干什么。不过现在要是有一条路能把我送回乌盖布，那就是对我最好的帮助了。因为我厌倦了，这太辛苦了，我也想家了。”

“难道你真的放弃征服世界了吗？”贝翠问。

“对，我放弃了，我现在已经明白了。”安女王说，“世界那么大，我没有力量去征服。我现在更喜欢的是我们的乌盖布，我希望，我是多么热切地期望，能够在最短的时间内回到我的故乡。”

“我们也是！”军官们

异口同声地叫道，他们终于敢把自己的心声吐露。

其实，这里发生的一切，都在奥兹玛公主的视线之内。尽管她远在奥兹国，但是她能每天根据魔法地图追踪世界上任何一个地方发生的事情，只要她想，甚至都知道将来会发生什么。自从邋遢人出去找他的小兄弟，奥兹玛派出滴答人去帮助之后，奥兹玛和奥兹魔法师就每天坐在魔法地图前面观察着他们的动向，这幅魔法地图就挂在奥兹玛卧室的墙壁上，随着奥兹玛的心意，魔法地图就会出现任何一处地方，就像看电视一样。所以奥兹玛和魔法师看到了邋遢人和滴答人所经历的一切冒险，当然也看到了奥兹玛的远房表妹玫瑰公主被那些冷酷的玫瑰臣民驱逐的场景。

安此刻的心声，也完全看在奥兹玛的眼中，她虽然知道安最初是想要征服奥兹国的，但是她更加知道这个小女王的单纯和幼稚，也更加同情她的乌盖布臣民。当安和军官们想回家的时候，奥兹玛对魔法师说："魔法师，你能够把这些乌盖布的人送回到那里去吗？"

"亲爱的陛下，当然是没问题的。"魔法师说。

"我觉得这个小女王在这一次冒险活动中已经吃尽了苦头，所以她可能再也不会想要征服世界了。"奥兹玛不禁为安此次幼稚的冒险活动笑出声来，"以后，她估计会老老实实地待在那个属于她自己的小国家里了。魔法师，送他们回去吧，还有书夹乔。"

"可是，玫瑰公主怎么办呢？"魔法师问。

"把她也送到乌盖布吧，现在她和书夹乔的感情已经很深了，如果把他们分开，我估计他们都会很伤心。"奥兹玛说。

"你的决定真是最正确的。"魔法师说完，便施展了一个小小的魔法，甚至别人都看不出他做了什么。但是此刻，矮子精洞穴里的所有人却都吃惊得张大了嘴巴，因为前一秒还坐在一起的安女王和乌盖布军队，还有玫瑰公主和书夹乔，一瞬间全都不见了。最初的时候，邋遢人也没想到是怎么回事，可是过了一会儿，他就明白是怎么回事了，他想到了奥兹玛，一定是女王帮助了这些人，奥兹玛此刻一定是正看着他们。于是他从口袋里拿出一个很小的仪器，放在了自己的耳朵边。

奥兹玛看到了邋遢人的举动，也从一张桌子上拿起一个类似的仪器，这是奥兹魔法师的新发明，这两台仪器能够记录最微小的振动，就像一台无线电，无论距离多远，都能够用这无线电交流，而且不需要电线的连接。

“邋遢人，你能听到我说话吗？”奥兹玛问。

“能听见，尊贵的女王。”邋遢人恭敬地回答。

“是我把乌盖布的小女王和她的军队送回去的，所以你们不要恐慌。”奥兹玛说道。

“您真是太善良了。”邋遢人说，“不过，陛下，现在我的心愿也已经达成了，我已经找到了我的兄弟，他正坐在我的身边，而且拉格多的魔法已经完全解除，他又变成了美男子了。滴答人也已经尽全力帮助我们了，而且完全是按照你的指示去做的。现在，你也可以把他带回美丽的奥兹国了。”

“当然，我会的。”奥兹玛说，“可是，你呢？邋遢人，你有什么打算呢？”

“我当然也很喜欢奥兹国，”邋遢人说，“但是我现在找到了我新的责任，我得照顾我这个兄弟。还有这次我认识了新朋友，她叫贝翠·鲍宾，她有一个驴子朋友，叫汉克。这个姑娘很可怜，一个朋友都没有，我也已经答应贝翠，会做她的朋友，而且永远都不会抛弃她。所以为了这些人，我只能留在这里，跟美丽无比的奥兹说再见了！”

邋遢人感叹着，奥兹玛却什么都没说，把那小型的无线电放在了桌子上，中断了她与邋遢人的对话。但是奥兹玛仍然看着魔法地图，深深陷入思考中，小个子魔法师观察着奥兹玛，脸上浮现出会心的微笑。

邋遢人把无线电重新放在口袋里，他转向贝翠，用非常轻松的语气说：“小姑娘，接下来我们该去做什么呢？”

“唉，我也没什么打算，我真的没打算。”贝翠说，“我甚至有点遗憾为什么咱们的任务这么快就完成了。我喜欢这次经历，喜欢一切冒险活动。现在安女王和她的军队都回到自己的王国了，七彩也回家了。天啊，滴答人呢？他也不见了吗，邋遢人？”

“对啊，他也回到他该回的地方了。”邋遢人环顾了一下矮子精地洞，肯定地说，“估计他现在已经站在了奥兹玛的宫殿之中了。哦，就是奥兹国，你知道，那是他的家。”

“那里也是你的家吧？”贝翠问。

“是啊，不过那已经是过去了，我亲爱的小姑娘。现在，我要和我的兄弟待在一起，他在哪里，哪里就是我的家。你也清楚，我们都是流浪者，不过就算是流浪，我们也要在一起，那样才会快乐。”

“那么，我知道该去做什么了！”贝翠说，“让我们离开这个让人无聊的地洞，走到地面上，开始我们新的冒险吧。雨应该不下了吧！”

“这是个不错的主意。”邋遢人说。他们跟矮子精国王卡利科愉快地告别，他们互相道谢着，为着彼此间的帮助，然后他们走出了地洞。

外面的空气很清新，阳光普照，万里无云，天空湛蓝洁净。景色太美了，让人的心情也不禁好起来。现在只剩下他们四个了：邋遢人和他的兄弟，还有贝翠和汉克。他们朝着大山的脚下走去，岩石山上隐隐约约有一条小路，小路通向西南。

当奥兹玛终止了和邋遢人的对话，滴答人已经站在宫殿里了，她向滴答人询问着贝翠的一些情况。滴答人对贝翠的印象特别好，他说：“她几乎跟多萝茜公主一样善良和友爱。”

“那好，让多萝茜来宫殿吧。”奥兹玛说着就吩咐她的贴身侍女吉莉娅·詹姆，让她去找多萝茜。不一会儿，多萝茜就开心地跑来了，她跟所有人问好，开心地和奥兹玛拥抱。这个小姑娘的性格很阳光、开朗，所以大家都非常喜欢她。

“亲爱的，你想见我吗？”多萝茜问道。

“是啊，亲爱的。我现在有点小小的问题不知道该怎么解决，所以想听听你的意见。”奥兹玛说。

“我能有什么出色的建议呢？”多萝茜说，“不过你说来听听，我一定尽力回答你。奥兹玛，是什么问题呢？”

“你们都清楚，”奥兹玛认真地说，“奥兹国是不轻易允许外人进入的，即便进来也不会成为这里永远的居民。虽然我接纳了几个凡人，可是都是

因为他们品性好，人也善良老实，就像你们三个，没有一个是奥兹本地人，但是你们都很好。多萝茜和魔法师来自美国，滴答人来自埃夫国，当然，滴答人不是凡人。邋遢人本来也在这里，但是他现在已经来不了奥兹国了。这才是我所苦恼的。他找到了他的小兄弟，又在冒险中结识了新的朋友，他为了他们不能来这里了。他说不能抛弃他们，因为他们都需要他。”

“邋遢人真的很善良！”多萝茜评价着，“可是他遇到的新朋友都是谁啊？”

“一个是他自己的亲兄弟，他被矮子精拉格多——我们的宿敌抓去，并且在那里被奴役了好多年，这个孩子看起来也是个本质善良的人，但是他什么都没做，所以他没资格进入奥兹国。”奥兹玛接着说，“还有一个小姑娘，叫作贝翠·鲍宾，这是个在海上遇难的小姑娘，就跟你当年的遭遇几乎差不多。后来她遇到了邋遢人，便和邋遢人一起去寻找他的小兄弟，你不记得她了吗？”

“哦，我记得她。”多萝茜欢快地说着，“我从魔法地图里看到她的时候就很喜欢她，还有她的朋友驴子汉克，他们都那么可爱。现在他们在哪里呢？”

“过来看看。”奥兹玛招呼着多萝茜，她很开心多萝茜能够记得。

多萝茜和奥兹玛注视着魔法地图，魔法地图上显示着贝翠和汉克，邋遢人和他的小兄弟。他们正在一处荒漠的曲折小路上艰难跋涉。

“根据我的判断，”多萝茜说，“他们的体力已经透支了，应该找一处可以休息的地方，或者应该吃点什么。”

“是的，那个地方真的很荒凉，”滴答人说，“我到过那里。”

“是啊，那是矮子精的地盘。”魔法师说，“要知道曾经他们都是非常卑劣的家伙，没人愿意与他们当邻居，所以这里极其荒芜。邋遢人他们在走出那里之前一定是非常痛苦的，而且会磨难重重，除非——”

他转身向着奥兹玛，笑着。

“除非我要求你把他们都带到奥兹国来，对吗？”奥兹玛问。

“是的，陛下。”魔法师说。

“你能做到的，对吗，伟大的魔法师？”多萝茜急切地问。

“是啊，我能做到。”魔法师说。

“那太好了。”多萝茜说，“以我对贝翠和汉克的了解，我觉得他们一定愿意来奥兹。你们想想，如果有一个一般大的小姑娘能来这里陪我，我得多开心和满足啊，而且汉克是一头忠实又可靠的驴子。”

奥兹玛看到多萝茜焦急的模样，不仅开怀大笑起来，然后她拉着多萝茜问道：“难道你把我忘记了吗？亲爱的多萝茜，我也是和你一般大的玩伴啊！”

多萝茜有点难为情起来。她说：“你每天忙着治理这么大的奥兹国，哪里有时间陪我呢？虽然我是那么深地爱你，敬你，但是我总不能要求你一直陪着我啊。”

“是的，我亲爱的，我知道我首要的职责就是管理我的臣民。那么好吧，我觉得贝翠要是来这里，一定会让我们都很开心的。你的房间对面的屋子还空着，就留给她住吧。然后我让人在锯木马的围栏里再建一个金房子，留给汉克，并且把他介绍给胆小狮和饿虎，他们肯定都会喜欢他的。如果不是贝翠和汉克，我想我估计也不会接受邋遢人的兄弟。”

“可是，邋遢人是多么好的人啊，他经常给我们带来快乐，而且他那么善良。也请你接受他的小兄弟吧！”魔法师说。

“是啊，为什么不接受一个小兄弟呢？”滴答人也很纳闷。

“可是，你们要知道奥兹国不是收容所，不是所有无家可归的人都可以到这里来的。”奥兹玛说道，“我当然很欢迎邋遢人，但是我并没有接受他的义务啊。”

“奥兹国这么大，多一个人也并不拥挤。”多萝茜说道。

“那么，你的意思是也能接纳邋遢人的小兄弟？”奥兹玛问道。

“是啊，我们失去邋遢人将是一个损失，我们都会想念他的。”多萝茜说。

“是的，我们都不愿意失去邋遢人。”奥兹玛说，“魔法师，你说呢？”

“我想我刚刚都准备好施法了。”魔法师说。

“你呢，滴答人？”奥兹玛问。

“我觉得邋遢人的小兄弟是一个非常好的小伙子，”滴答人说，“而且我们不能扔下邋遢人不管。”

“好吧，”奥兹玛说，“那么现在，这个问题不算问题了，魔法师，你开始施法吧！”

魔法师于是马上开始施法，看来他已经准备好了。他用一根细柱子支起一个银盘子，然后从一个小玻璃瓶子里倒出一些粉红色的粉末在盘子里，对着这个盘子喃喃地念着女巫格琳达教给他的咒语。盘子里的粉末忽然燃烧起来，并散发出一种怪味的烟雾。这些烟雾有点辛辣，让多萝茜和奥兹玛的眼睛有点不舒服。

“请原谅，我不得不这样做，这是魔法的一个必要过程。”魔法师说，“请再忍耐一下。”

“快看！”多萝茜惊叫道，“他们都不在这里了，他们在魔法地图上消失了！”

大家看过去，魔法地图上崎岖的沙漠小路里，果真只剩下一队深深浅浅的脚印，邋遢人他们都不见了踪影。

“是啊，他们是不见了。”魔法师说着，用一块丝绸擦拭着他的银盘子，并把它小心翼翼地包起来，放在了口袋里，“因为，他们已经来到了奥兹国。”

就在这时，吉莉娅·詹姆侍女跑进了宫殿。

“尊贵的女王陛下，”吉莉娅说，“邋遢人和另一个陌生的男子在会客厅

等你。邋遢人像一个小孩一样流着眼泪，但是他自己说那是幸福的眼泪。”

“去吧，吉莉娅，把他们都带到这里来。”奥兹玛说。

“对了，陛下，还有一个小姑娘和一头驴子，他们跟邋遢人在一起，但是看起来他们一脸迷茫，并不知道这里是哪里，也不知道怎么到这里来的。我也带他们一起来吗？”

“哦不，别让他们到这里来！”多萝茜急切地喊道，她等不及了，忽然从座椅上跳起来，“我要亲自去接贝翠，因为我不想让她感到一丝害怕，在这样的一个宫殿里，她会拘束的。”

于是她三步并作两步地跑了出去，满心欢喜地去迎接她的新朋友贝翠·鲍宾。

第二十五章

爱的国土

“喂，我说朋友，难道你只会说‘唏嚎唏嚎’吗？”锯木马一脸不解，一边用他那木疖子的眼睛上下打量着汉克，还不时地甩着他那根树枝的尾巴。

现在汉克和锯木马住在奥兹玛宫殿后面最漂亮的畜栏里，汉克打量着奢华的金房子，锯木马站在那里，饶有兴趣地研究着他。饿虎和胆小狮就在旁边的房间里。他还看见金色的马槽和舒适的垫子，这里简直太漂亮了，汉克目不暇接。

驴子汉克就住在锯木马旁边的房子里，虽然这间房子没有锯木马的漂亮，但是对于汉克来说，这已经如同在天堂一样。再说，锯木马是奥兹玛最心爱的坐骑，住最漂

亮的房子也是理所应当，而且奥兹玛还细心地给驴子准备了垫子，这可是锯木马没有的。事实上，锯木马也不需要垫子，因为他从来都不需要休息。这一切对于以流浪为生的驴子来说，简直就是天上掉馅饼，他一辈子也不曾想到自己能在这么华丽的地方有一个属于自己的房间。这真是他一辈子的殊荣，他愣愣地想着这一切突如其来的好处，竟然有些恍如隔世的感觉。他呆呆地看着他的同伴和周围一切新奇的事物。

胆小狮那样威风凛凛，他此刻正慵懒地躺在畜栏的大理石地板上，用冷淡的眼神看着这位不请自来的客人。和胆小狮在一起的是雄壮的饿虎，他蹲踞在那里，用同样没表情的眼睛看着这头奇怪的驴子。锯木马只是好奇却并不友好地重复地发问："你只会'唏嚎唏嚎'地叫吗？"

汉克看到这情景有点局促不安起来。

"是的，在今天之前，我从来不曾说过话。"汉克听见自己在说话，简直吓破了胆，他浑身开始颤抖起来。

"哦，我知道这到底是怎么回事了！"胆小狮晃动着他硕大的脑袋，威严地说道，"这里是奥兹国，所以什么奇怪的事情都会发生，其实世界上好多地方也都发生着奇奇怪怪的事情。我想你是从奥兹国的境外来到这里的吧，你本来不知道这里吧，对不对？"

"是啊，你说得很对。"汉克说道，"其实一分钟以前我还在矮子精王国的沙漠上，可是一分钟之后我已经来到了这个美丽无比的奥兹仙境。我实在是还没明白这一切都是怎么变化的，所以我的惊讶此刻多于我的思考。而更让我吃惊的是，我竟然还能像我的朋友贝翠·鲍宾一样讲话，这真是让我太意外了！"

"这一切都是因为你到了奥兹国，"锯木马说道，"在这个仙境里，任何一个动物都可以像人一样说话。你不觉得这比你之前的'唏嚎唏嚎'要好很多吗？你那种嘶鸣是没谁能听懂的。"

"你说的或许是对的，但是驴子之间是可以听懂彼此的叫声的。"汉克为自己争辩道。

"你说的也对，在外面的世界中，一定还存在其他像你一样的驴子。"

饿虎这个时候有点疲倦，张着血盆大口打着哈欠。

“是啊，美国就有数不清的驴子。”汉克说，“难道你是奥兹国里唯一的一只猛虎吗？”

“当然不是，”饿虎说，“我有许许多多的同族都住在丛林王国，只有我住在这个举世闻名的翡翠城。”

“对啊，狮子也有很多。”锯木马说，“但我可是这里独一不二的一个物种，再没有一匹跟我差不多的马。”

“是啊，这就是这个仙境王国奇特的地方。”饿虎说，“汉克，你不知道，锯木马连蹄铁都是金子的，大家喜欢他的最主要原因还是我们最伟大的女王奥兹玛喜欢骑在他的背上。”

“我的背上坐着贝翠，她也很喜欢坐着。”汉克忽然觉得这一点似乎有点类似。

“谁？贝翠是谁？”饿虎说。

“她是全世界最善良可爱、温柔漂亮的小姑娘。”汉克自豪地说。

这时候汉克忽然发现先前友善的锯木马使劲地从鼻子里喷着气，而且乱踩着他的金蹄子，饿虎也面目狰狞地发出咆哮声，雄壮的狮子也慢慢地站起身来，后背上的鬃毛都直立了起来。

“我说驴子，”胆小狮冷冷地说，“你是没见过别的女孩吗？或者你是在吹牛吗？你不知道世界上最温柔可爱的小姑娘就是多萝茜吗？没有谁可以超越多萝茜，不管是谁，不管是人还是动物，谁也不能否认这一点，不然估计不只我想跟你拼命呢！”

“是的，我也是一样。”饿虎咆哮着，露出了两排尖利的牙齿。

“你们在说什么？你们说的都不对！”锯木马的木疖子眼睛里流露出来的都是轻蔑，“你们都不知道世界上最最可爱、善良、温柔、美丽无比的就是我们的女王奥兹玛吗？在这里没人能和奥兹玛相比，在任何地方也都是这样。”

汉克看了一眼饿虎，又看了一眼胆小狮，最后看看这个长着木疖子眼的锯木马。他不动声色地将他的蹄子对准了他们，然后十分坚定倔强地说：

“我没错，任何时候我都不会更改这个判断，全世界任何人都不如贝翠·鲍宾可爱，这是一个不能改变的真理。你们是想跟我打一架吗？我时刻准备着。”

这一句话一出口，其他三只动物都犹豫起来了，他们毕竟不知道驴子的蹄子到底是什么样的武器，不知道他的杀伤力有多大。正在这个时候，传来了一串银铃般的笑声，这笑声让这些动物都吓了一跳，他们全部回过头来看，原来他们为之争论的三个姑娘正在畜栏外面看着他们，也不知道她们是什么时候来到这里的。奥兹玛在中间站着，分别用手臂揽着多萝茜和贝翠，奥兹玛高出半个头，贝翠和多萝茜姑娘身高、体形都差不多。她们来到这里的时候几个动物没有注意到，于是她们就站在豪华的畜栏边听到了这一切关于世界上最温柔美丽的姑娘的争论。贝翠听到汉克和其他动物都会开口说话了，惊讶得已经目瞪口呆了。

“你们这些傻得可爱的家伙，”奥兹国的女王优雅却略带顽皮地说，“你们这是为我们而打架吗？你们竟然看不出我们三个之间不是对手而是最亲密的朋友吗？你们倒是说说看啊，你们到底为什么非得让我们分个高下？”

几个动物同时低下了头，他们真的不知道该怎么回答。但是过了一会儿，胆小狮说：“亲爱的陛下，我觉得我有发表言论的自由。”

“是的，你们都有自由。”奥兹玛说，“我听到你们说多萝茜是最可爱的姑娘，我也很开心，因为毕竟她是你们的第一个朋友。我也很荣幸锯木马把我当作最可爱的人，那是因为我们朝夕相处了很多年。汉克之所以为他的朋友贝翠争论，那是因为只有贝翠才是跟他共患难的人。所以从某种程度上来讲，你们说的都是对的，也都是有道理的。可是从另外的角度看，你们又都错了，因为在我们奥兹国这片神奇的领地上，所有人的品格和友情胜过了一切。如果你们因为任何事情而争论不休的话，那么即便你们多么地爱我们，也得不到我们的爱。”

所有的动物为女王的教导而赞叹不已。

“是的，女王陛下说得对极了。”锯木马很开心地说，“汉克，现在咱们已经是朋友了，握握蹄子吧！”

汉克于是友好地把蹄子伸过去，跟锯木马的蹄子碰了一下。

“我的方式是碰鼻子。”饿虎说着把鼻子伸了过去，“来吧，交个朋友。”

汉克听了有点犹豫，但是也把鼻子伸过去碰了一下。

胆小狮冲着驴子点了点头，蹲伏下来，说道：“只要是奥兹玛的朋友，就是整个奥兹国的朋友。既然奥兹玛说你是朋友，那你就是我们的朋友了，今后你有需要我帮忙的地方就直接告诉我。”

“这才对了，这样多好。”奥兹玛说，“看到你们这样相处，我不知道有多开心。”说完她转向贝翠和多萝茜说：“走吧，我最温柔可爱的姑娘们，我们该去别的地方转转了！”

多萝茜和贝翠愉快地跟着奥兹玛走了。走着走着，贝翠问道：“难道在奥兹国里，所有的动物都能说话吗？”

“是的，几乎每一个动物都会说话。”多萝茜说，“前面花园里，有只黄母鸡，不仅她能讲话，她的小鸡们也都会说话。我的房间里有一只粉红色的小猫，她讲话的声音别提多好听了，但是我从家里带来奥兹国的小狗托托却一句话都不会说，只会汪汪地叫。”

“那你知道为什么吗？”奥兹玛说道。

“我想，那应该是托托来自堪萨斯州草原，而不是生在仙境的缘故吧。”多萝茜猜测着。

“驴子汉克也不是仙境的啊，为什么他就能说话呢？”奥兹玛说，“他一来到仙境，就发现这里不一样，他张嘴试试，就会说话了。你带来的那只黄母鸡也是一样，到了这里就也会说话了。而我觉得托托一点也不笨，是只最聪明的小狗，我想托托应该什么都会说，只是不愿意说而已。”

“是吗？不会吧？”多萝茜惊讶地说，“我从来没怀疑过托托是故意在瞒着我，这么久了。”说完，她从口袋里掏出一个银色的小哨子，急促地吹着，一会儿工夫，大家看见一只浑身长着黑毛的小狗急匆匆跑过来了。

多萝茜蹲下来，用手指在托托眼前晃动着。“托托，我对你不好吗？有什么地方让你不满意吗？”她说。

托托仰着头，用那两只黑亮亮的小眼睛盯着多萝茜，不停地晃动着小尾巴。

“汪汪！”托托叫道。多萝茜知道那是在说是，奥兹玛和贝翠也能明白这是什么意思。因为托托的表现完全表明了这个意思。

“可是这是一只小狗的语言。”多萝茜看着托托说，“托托，难道你除了汪汪的叫声，就什么都不会了吗？你难道是不喜欢说话吗？”

托托还是不说话，也不汪汪叫了，只是使劲晃动着小尾巴，想要表达什么。

“多萝茜，我感觉就是这样。”贝翠说，“托托在用叫声和晃动的尾巴回答你，就像我们人类一样，这就是小狗的语言。”

“是的，贝翠。我当然知道这是小狗的语言，可是托托应该比现在还会表达意思。托托先生，看这里，”多萝茜转向托托，“奥兹玛说你完全能够讲话，只要你想像我一样说话，你就能做到。托托，难道你是不愿意开口说话吗？”

“呜！”托托说。多萝茜知道这是“是”的意思。

“拜托，你能不能别只说一个字，托托。”多萝茜恳求道，“你其实跟这里的其他动物一样，你能够说话，也像我一样。”

“呜！”托托还是这样只吐出一个字。

“如果你只说一个字，那你走吧，我不会再叫你了。”多萝茜有点失望，故作生气的样子。

托托定睛看了一会儿多萝茜，好像在思考什么，也好像在做什么决定。

“你这样说，那我就走了。”说完，他像箭一样飞出去了，速度快得让人惊奇。

多萝茜此刻却开心地拍着手，她终于听到托托说话了，贝翠和奥兹玛也为多萝茜高兴起来。于是，她们三个世界上最可爱的姑娘手挽手走在阳光下的花园里。周围的风景简直太美了，喷泉的水柱在空中闪着银色的光，姹紫嫣红的花朵在风中轻轻摇曳，阵阵芬芳的气味随风传送，真是让人心旷神怡。

她们在一个转弯处看到了邋遢人和他的兄弟，他们兄弟俩正坐在一条

长凳上。长凳是金子做的，在阳光下闪着夺目的金光。

看见了奥兹玛，他们连忙站起身来，非常绅士地鞠躬致谢。

“你们好，绅士们，你觉得在这里还住得习惯吗？”奥兹玛温和地问邋遢人的小兄弟。

“尊贵的陛下，再也没有比这里更让人舒服的所在了。”邋遢人的小兄弟说，“我从心里感谢你，我亲爱的女王，感谢你答应让我来这样的仙境生活。”

“别感谢我，感谢你的哥哥吧。”奥兹玛微笑着说，“你是邋遢人的兄弟，所以我才允许你来这里，并且我一定会让你在这里受到欢迎。”

“尊贵的陛下，我相信经过一段时间的了解，你一定不会后悔今天所做的决定。”邋遢人说，“我的弟弟是最老实忠诚的臣民，虽然仅仅是跟他相处了很短的时间，我已经感受到他品质的可贵。”

奥兹玛和两个女孩继续前行，她们也是漫无目的地散步。走了一会儿，贝翠忽然说：“我觉得邋遢人的兄弟肯定不如我在这里开心。你知道吗，多萝茜，我以前都不知道人能有这么幸福的时光，一辈子那么长，就像我现在这样，我都不敢想。”

“是的，贝翠，我非常理解你的感受，”多萝茜说，“因为我以前曾无数次地产生这样的想法，就像一切都在梦中一样。”

“我现在有一个愿望，那就是我希望世界上所有女孩都能生活在奥兹国，”贝翠说，“所有的男孩也能这样。”

奥兹玛听了这话，不禁开心地哈哈大笑起来。

“贝翠，我可爱的小姑娘，你的愿望不能实现，那才是我们的幸运，”奥兹玛笑着说，“如果你的愿望真的实现了，那么多小男孩、小女孩都生活在奥兹国，那么我们将都会被挤得无法动一下身子了！那样不是很可怕吗？”

“你说的也对，”贝翠若有所思地说，“我想，一定会是你所说的那个样子。”